Renate Michaelis

Kater Mausi erzählt
wozu Wäscheleinen gut sind
und andere Geschichten

Renate Michaelis

Kater Mausi erzählt

wozu Wäscheleinen gut sind und andere Geschichten

© 2016 by Renate Michaelis

Verlag: tredition GmbH, Hamburg

ISBN 978-3-7345-6500-7

Printed in Germany

Wie alles begann

Ich bin ein Kater in dem für meine Gattung stolzen Alter von fast siebzehn Jahren. Eigentlich bin ich noch recht rüstig, wenn man davon absieht, dass mir im Laufe der letzten Jahre einige Zähne ausgefallen sind und mir gelegentlich die Knochen wehtun. Die langen Streifzüge, die ich früher durch mein Revier machte, schaffe ich natürlich nicht mehr. Stattdessen schlafe und döse ich viel, um mir die Zeit zu vertreiben und erinnere mich an Begebenheiten aus meinem Leben.

Dabei ist mir eingefallen, dass ich es doch den Menschen gleichtun könnte, die alle ihre Memoiren schreiben. Mein Leben ist ganz sicher noch viel interessanter verlaufen, als das dieser Zweibeiner, die nur über ihr Elternhaus, ihre Kinder und ihren Beruf zu berichten wissen.

Ich war weder verheiratet, noch habe ich Kinder und einen Beruf schon gar nicht. Wozu auch? Ich habe mich auch so durch mein Katzenleben geschlagen, ohne diesen Ehrgeiz, Geld verdienen zu müssen oder Karriere zu machen. Ich hatte andere und wichtigere Ziele: Ich wollte ganz einfach das Leben meiner Menschen fröhlicher gestalten. Ich führte ihnen herrliche Streiche vor, von denen sie allerdings - und mir völlig unverständlich - behaupteten, dass sie diese nicht immer lustig fanden.

Weil ich nur meine Pfotenabdrücke, nicht aber diese komplizierten Buchstaben zu Papier bringen kann, habe ich einfach meinem Frauchen die interessantesten Geschichten aus meinem Leben erzählt und sie gebeten, diese für mich aufzuschreiben.

Das Katzenhaus

Eigentlich bin ich eine Zeitungskatze. Nicht wirklich natürlich. Ich hatte genauso Katzeneltern, wie wir vierbeinigen Stubentiger sie alle haben. Ich wurde in einem großen Haus geboren und verbrachte hier zusammen mit meinen Eltern, vielen Geschwistern und anderen Verwandten meine ersten Lebenswochen. Wir hatten ein riesiges Zimmer nur für uns. In dem konnten wir tun und lassen was wir wollten.

Damit wir es gemütlich hatten, war es mit den unterschiedlichsten Möbeln eingerichtet. Das gab uns die Gelegenheit, auf Tischen und Stühlen zu sitzen, auf Sesseln zu schlafen oder hoch oben von den Schränken zu beobachten, was um uns herum geschah.

Wenn es den älteren Katzen in der Wohnung zu langweilig wurde, machten sie sich auf die Suche nach unserer Oberkatze, einem zweibeinigen männlichen Wesen namens Winkler und baten darum, in den Garten zu dürfen. Er öffnete dann die Haustür und sie konnten auf Entdeckungsreise gehen. Sobald sie zurück waren, berichteten sie uns Kleinen von der großen weiten Welt. Ich verstand nicht, weshalb wir Katzenkinder von den Ausflügen ausgeschlossen wurden, wo es doch da draußen so interessant zu sein schien. Ich fühlte mich benachteiligt und beschloss, mir weder von

Vierbeinern noch von diesem Herrn Winkler auf der Nase herumtanzen zu lassen, sobald ich erwachsen sein würde. Aber im Allgemeinen war Herr Winkler eine nette Oberkatze. Er reinigte täglich unsere Katzentoiletten, füllte unsere Fressnäpfe mit leckerem Futter und gab uns unsere Streicheleinheiten.

Meine Tage verliefen eigentlich immer gleich. Ich schlief, spielte, aß oder unterhielt mich mit meinen Artgenossen. Ich hatte mittlerweile ein Alter von zehn Wochen erreicht, da passierte eines Tages etwas Schreckliches und veränderte völlig mein noch so junges Katzenleben.

Der Morgen begann wie jeder andere auch. Ich war gerade aufgewacht, hatte meine Frühstücksmilch geschleckt und wollte mich nun ausgiebig putzen, als es plötzlich an der Haustür klingelte.

Das geschah öfter, dann ging Herr Winkler zur Tür und öffnete sie, um zu sehen, wer etwas von ihm wollte. Meistens gaben die Leute da draußen nur etwas ab und verschwanden gleich wieder. Ab und zu bat Herr Winkler sie aber auch herein. Dann zogen sie sich die Mäntel aus, setzten sich mit ihm an den großen runden Tisch im Zimmer, bekamen etwas zu essen und zu trinken angeboten und unterhielten sich.

Fast alle Leute waren nett, brachten uns Leckerbissen mit und streichelten uns, bis wir anfingen zu schnurren. Wenn die Besucher genug mit Herrn Winkler geredet hatten, verabschiedeten sie sich und wir waren wieder mit unserer Oberkatze allein.

An diesem schrecklichen Tag aber hörte sich die Klingel ganz anders an, irgendwie unheimlich oder bildete ich mir das nur ein? Herr Winkler öffnete die Tür und ließ zwei Frauen herein, von denen die ältere eine große Tasche in der Hand hielt. »Wir kommen wegen der Anzeige in der Zeitung«, sagte sie und auf die jüngere Frau zeigend: »Das ist meine Tochter.« Herr Winkler bat beide in unser Katzenzimmer und mich beschlich ein merkwürdiges Gefühl.

Ich machte mich ganz klein und drückte mich ängstlich in die Couchecke. Die beiden Frauen musterten uns alle der Reihe nach. »Die Kleinen können sie alle haben,« meinte Herr Winkler und die jüngere Frau zeigte auch schon auf ein grau getigertes Kätzchen. Es handelte sich um eine meiner Cousinen. Dieses Kätzchen sei so niedlich, das würde sie gern mitnehmen. Ich war ganz erschrocken.

Da hatte doch Herr Winkler offenbar eine Anzeige in die Zeitung setzen lassen und geschrieben, dass er einige von uns kleinen Katzen weggeben wollte. Wie war ich von ihm enttäuscht, als ich das hörte. So etwas hatte es meines Wissens noch nie gegeben.

Wir hatten Herrn Winkler doch nur ganz selten geärgert und wenn er uns streichelte betonte er ständig, wir wären seine kleinen Lieblinge. Und nun standen wir in dieser Annonce wie ein Gegenstand, den man nicht mehr braucht und waren Zeitungskatzen. Oh je, was würde nun mit uns geschehen?

Mich beachteten die Frauen glücklicherweise nicht. Doch ich hatte mich wohl zu früh gefreut, plötzlich entdeckte mich die ältere der beiden. Ich blickte sie nun frech und gar nicht mehr ängstlich an, in der Hoffnung, ihre Wahl würde dann nicht auf mich fallen.

Aber da hatte ich wohl einen Fehler gemacht, gleich darauf sagte sie zu Herrn Winkler: »Diese dort möchten wir haben.« Herr Winkler war jedoch auf meiner Seite und meinte, ich wäre schon vorbestellt. Ich wusste zwar nicht, was es bedeutete, vorbestellt zu sein, aber gewiss war es nicht so schlimm, als zu diesen Leuten zu müssen. Aber sie ließen nicht locker. »Die oder keine,« tönte es einstimmig aus ihrem Mund und - ich verstand Herrn Winkler nicht - schließlich ließ er sich erweichen: »Gegen einen kleinen Unkosten- beitrag für das bisherige Futter können Sie den Kater haben.«

Nun wollte er auch noch an mir verdienen, dabei hatte ich die ersten Wochen nur Milch von meiner Mutter getrunken.

Die ältere Frau reichte Herrn Winkler einen Geldschein und nun gab es keine langen Diskussionen mehr.

Plötzlich ging alles sehr schnell. Mein Herr nahm mich einfach von der Couch herunter und die Frau wollte mich schnell in ihrer großen Tasche verschwinden lassen. Nein, das ging nun wirklich zu weit!

Ich sträubte mich so sehr ich konnte und da hatte Herr Winkler schließlich ein Einsehen und sagte, er würde mich in seinem Mercedes zu meiner neuen Heimat fahren. In einem Auto war ich noch nie gefahren und war deshalb froh, dass ich nicht mit den beiden fremden Frauen allein war. Ich hatte nicht mal mehr die Zeit, mich von meiner Mutter und von meinen Geschwistern zu verabschieden, schon saß ich mit Herrn Winkler und den beiden Frauen in besagtem Mercedes und los ging die Fahrt.

Die ältere Frau hielt mich fest an sich gedrückt. Ich konnte von ihrem Schoß aus nicht viel sehen und mauzte aus Leibeskräften. Es war eine endlose Fahrt und ich hatte solche Angst. So ist das also, wenn man in der Zeitung inseriert wird, dachte ich, man muss sein Elternhaus verlassen, wird nicht einmal gefragt, ob man das möchte und weiß nicht, was einen erwartet.

Wir fuhren und fuhren und ich mauzte und mauzte. Manchmal glaubte ich, vor Aufregung zu ersticken. Plötzlich hielt das Auto und wir waren am Ziel. Wir stiegen alle aus und ich war erstaunt, als ich ein Haus vor mir sah mit einem Garten drum herum, das meinem Elternhaus ganz ähnlich sah. Wenigstens etwas, was nicht ganz so fremd wirkte. Wir gingen in das Haus hinein, Herr Winkler unterhielt sich noch ein paar Minuten mit den beiden Frauen, verabschiedete sich dann und ließ mich unwiderruflich in dieser fremden Umgebung zurück.

Ich schlich langsam und zaghaft durch den Korridor, dann von einem Zimmer in das andere und guckte in jeden Winkel, hinter die Gardinen und Schränke, ob ich nicht meine Mutter oder eines meiner Geschwister entdecken konnte, aber ich suchte vergeblich. Es roch ganz fremd in diesem Haus, nicht mal ein bisschen so, als würden hier Katzen wohnen und das machte mich ganz traurig. Die junge Frau musste es bemerkt haben. Sie holte einen kleinen roten Ball und kullerte ihn vor mir hin und her, aber ich war noch viel zu niedergeschlagen und hatte keinerlei Lust, damit zu spielen.

Ich legte mich erschöpft in eine Ecke und durchdachte noch einmal diesen merkwürdigen Tag, der wohl einen anderen Lebensabschnitt einläuten würde. Und so hielt ich Einzug bei meiner neuen Familie.

Anja, Karin & Co

Meine Familie besteht aus den bewussten beiden Frauen namens Karin mit Tochter Anja und ihren Männern Stefan und Andreas. Alle standen sie am Abend um mich herum und fanden mich niedlich. Ob ich sie auch niedlich fand, danach fragten sie nicht. Aber ganz nett schienen sie schon zu sein, denn sie sprachen freundlich mit mir.

Anja nahm mich auf den Arm, ging mit mir von Zimmer zu Zimmer und zeigte mir das ganze Haus. Im Erdgeschoss wohnen Karin und Stefan und in der ersten Etage Anja und Andreas. Schlafen sollte ich unten auf einem Sessel, auf den Karin eine weiche Decke gelegt hatte. Das war mir recht, denn bei Herrn Winkler hatten wir unsere Schlafplätze auch im Erdgeschoss. Außerdem war es praktisch, denn wenn ich nachts einmal Durst bekam oder zur Toilette musste, hatte ich es nicht so weit. Meine Katzentoilette befand sich im selben Raum, wo auch die Toilette von Stefan und Karin war, im sogenannten Badezimmer. Sie bestand aus einem kleinen Blech mit etwas Sand, hierauf sollte ich mein Geschäft verrichten. In der Küche standen ein Trinknapf und ein Schälchen für mein Futter.

Zur Begrüßung hatte mir Karin Schabefleisch besorgt. Es roch sehr lecker und nachdem mich Anja auf den Küchenfußboden gesetzt hatte, sagten alle zu mir, dass ich es nun fressen dürfte.

»Komm,« riefen sie, »hier ist so schönes Futter.«
Und obwohl ich noch etwas ängstlich war, schlich
ich mich langsam näher. Ich sah mich um, ob nicht
wie sonst meine Geschwister auftauchen würden,
aber niemand erschien. So begann ich, die erste
Mahlzeit in meinem neuen Zuhause zu verspeisen.
Es war zwar herrlich, dass ich nicht wie sonst teilen
musste und das ganze schöne Futter in meinem
hungrigen Katzenmagen landen konnte, aber
eigentlich machte es mehr Spaß, die Mahlzeiten in
Gesellschaft einzunehmen.

Als ich fertig war und anfangen wollte, mich zu
putzen, meinte Andreas, dass ich nun einen Namen
bekommen müsste, damit alle wüssten, wie sie
mich rufen können. Wenn ich meinen Namen
hören würde, sollte ich möglichst immer
angelaufen kommen. Einig konnten sie sich nicht
werden. Peterle, Pussy, Mulle, so wurden viele
Katzen genannt. Es sollte schon ein besonderer
Name sein. Mich interessierte das zunächst wenig.
Gestärkt und nun gleich etwas mutiger, flitzte ich
derweil im Korridor herum und jagte dem kleinen
roten Ball hinterher. Anja sah mir zu und meinte,
ich würde aussehen wie ein kleines Mäuschen. Ich
wusste zwar nicht, wie ein Mäuschen aussieht, aber
mein Name stand nun fest:

Ab sofort wurde ich Mausi gerufen.

Das ließ sich verhältnismäßig leicht behalten,
weil zum Schluss des Namens, bei diesem »i« die

Stimme meiner Menschen immer etwas höher ging.

Schon daran merkte ich, dass sie mich meinten. Was ich gleich zu beanstanden hatte, war meine Katzentoilette.

Für mein kleines Geschäft war sie ja ausreichend, aber wie sollte ich etwas Großes zuscharren bei dem wenigen Sand, der auf diesem Blech war? Ich konnte das meinen Menschen am besten damit erklären, dass ich erst einmal ein Würstchen einfach neben die Toilette legte. Karin verstand es sofort und brachte mir am nächsten Tag ein schönes großes Katzenklo mit, in das ausreichend Sand hineinpasste.

Mausi

Wie ich eigentlich aussehe? Ich bin selbstverständlich ein ganz besonders schönes Exemplar meiner Gattung. Rot getigert mit großen Ohren und wunderschönen Augen.

Während meiner Kinderzeit waren meine Augen leuchtend blau, dann veränderten sie sich und seither habe ich grüne Augen. Wenn ich im Dunkeln sitze leuchten sie und man kann nur daran erkennen, wo ich mich aufhalte. Ich war schon als kleiner Kater recht groß und kräftig und nachdem ich ausgewachsen war, hielt man mich oft für einen kleinen Löwen. Meine Pfötchen sind weiß, ebenso mein Lätzchen und mein Mäulchen. Das sieht sehr hübsch aus, macht nur beim Putzen etwas mehr Arbeit, weil die Pfoten so schnell schwarz werden. Ich habe ein rosa Näschen, das, je nachdem wie ich mich gerade fühle, unterschiedlich stark gefärbt ist. Auch meine Menschen finden, dass ich ein schöner Kater bin. Das Einzige, was sie an mir auszusetzen haben, ist mein Schwanz. Der soll angeblich zu kurz und zu dünn sein. Das kann ich nicht finden, aber selbst wenn es so wäre stört es mich nicht. Und mal ehrlich: wer ist schon vollkommen? Auch meine Familie ist es nicht. Aber ich bin nicht so unhöflich und äußere mich nicht über den runden Bauch von Andreas, die dicken Popos von Anja und Karin und die wenigen Haare von Stefan. Da habe ich doch lieber einen kurzen Schwanz.

Nach einigen Wochen hatte ich mich an meine neue Familie gewöhnt, denn alle spielten viel mit mir und streichelten mich häufig. Dazu legte ich mich auf den Rücken und ließ mir den Bauch kraulen. Ich wälzte mich auf dem Teppich hin und her und schnurrte vor Behagen.

Wenn ich genug davon hatte, fing ich an zu strampeln und zu kratzen und falls mir das Kraulen zu grob wurde, biss ich meine Menschen auch mal, aber nur zum Spaß, damit es ihnen nicht wehtat. Ganz ohne Schrammen kam meine Familie jedoch nie davon.

Wollte mal niemand mit mir spielen, musste ich mich allein beschäftigen. Ich ging dann durch die ganze Wohnung und sah mir alles genau an, prüfte, ob sich über Nacht etwas verändert hatte oder ob ich nicht doch eines meiner Geschwister hinter einem Schrank oder unter dem Bett entdecken konnte.

Die Suche gab ich aber bald auf und da ich so viele neue Eindrücke zu verarbeiten hatte, vergaß ich auch meine Katzenfamilie im Laufe der Zeit.

Konnte ich im Haus keinerlei Veränderungen feststellen und hatte ich auch keine Lust zum Schlafen, spielte ich mit meinem Schwanz. Dazu setzte ich mich aufrecht hin, wartete einen kurzen Moment, bevor ich mich blitzschnell umdrehte, um ihn zu schnappen. Wenn ich ihn nicht gleich zu fassen bekam - war er möglicherweise doch zu kurz? - klopfte ich mehrmals mit dem Schwanz auf die Erde oder wedelte aufgeregt mit ihm hin und her und griff erneut an. Manchmal gelang es mir beim zweiten Anlauf, ihn zwischen meine Pfoten zu bekommen, dann rollte ich mich auf den Rücken und begann ihn ausgiebig zu putzen, denn mich zu putzen gehörte zu meinen Lieblingsbeschäftigungen.

Weshalb ich wusste wann Sonntag war

Es war wieder einmal Sonntag. Ich liebte Sonntage. Dass Sonntag war, merkte ich immer daran, dass sich Karin und Stefan beeilten, um mit dem Haushalt fertig zu werden. Außerdem ging Andreas nicht zur Arbeit. Dass er zu Hause war, hatte Vor- und Nachteile. Der Nachteil war, ich durfte nie so viel anstellen, wie bei den anderen aus der Familie. Und wenn ich zu übermütig wurde, drohte er mir mit seinem großen Zeigefinger. Nicht ernsthaft natürlich, aber doch schon so, dass ich lieber tat, was er sagte. Er hatte im Laufe der Zeit die Funktion einer Oberkatze übernommen.

Der Vorteil lag darin, dass ich mehrmals frühstücken konnte. Eigentlich sollte ich ja streng erzogen werden, damit ich kein dicker fetter Kater werden würde und mit meinen Katzenmahlzeiten zufrieden sein. Doch ich hatte meine Menschen schnell eines Besseren belehrt.

Selbstverständlich frühstückte ich morgens zunächst meine Katzenmahlzeit. Ich hatte Karin, die mir überwiegend mein Futter gab, beigebracht, dass ich nicht immer dasselbe Essen mochte.

Auf Whiskas hatten wir uns ja schnell geeinigt, das aßen nämlich alle Katzen, das hatte ich im Fernsehen gesehen.

Übrigens Fernsehen, das war eine interessante Sache. Da gab es nämlich Sendungen extra für

Katzen. Zum Beispiel wurde über Vögel und Schlangen berichtet oder es wurde ein Fußballspiel übertragen. Ich setzte mich dicht, so etwa in einem Meter Abstand vor den Fernseher, dann konnte ich am besten sehen. Gespannt verfolgte ich das Geschehen. Wenn die Vögel erschienen duckte ich mich, damit sie mich nicht entdecken konnten und beobachtete genau, wo sie hinflogen. Im richtigen Augenblick machte ich einen Satz oder langte mit der Pfote nach ihnen. Merkwürdig war nur, dass ich nie einen erwischte.

Ganz plötzlich waren sie verschwunden. Ich sah hinter dem Fernseher nach, obendrauf und hinter der Gardine, aber die Vögel tauchten nicht mehr auf. Mit dem Fußball erging es mir ebenso.

Er verhielt sich ganz anders als mein kleiner roter Ball. Mit meinem roten Ball konnte ich durch die ganze Wohnung tollen, aber mit dem, in diesem komischen Apparat funktionierte es nie. Meine Menschen sahen mir von ihren Sesseln aus zu und fingen dann an, über mich zu lachen. Ich fand das aber überhaupt nicht komisch.

Doch nun war ich ganz vom Thema abgekommen. Ich wollte über den Vorteil des sonntäglichen Frühstücks berichten. Ich bekam also Whiskas. Wobei ich gleich klargestellt hatte, dass ich jeden Tag eine andere Sorte haben wollte, es gab ja genügend Auswahl. Bekam ich zweimal hintereinander dasselbe angeboten, protestierte ich.

Ich verweigerte so lange das Futter, bis man mir etwas anderes hinstellte. Aber nur Whiskas war auch langweilig. Das sah Karin ein. Sie brachte mir deshalb häufiger Rindfleisch mit und teilte es in mundgerechte Stücke. Schmeckte fast so schön wie Schabefleisch, aber nur fast. Schabefleisch gab es ganz selten, wenn mal ein besonderer Tag war oder so. Ich war bald der Meinung, dass ich zum Frühstück immer rohes Fleisch und Whiskas dann erst im Laufe des Tages bekommen könnte. Nachdem ich lange genug Theater gemacht hatte, setzte ich mich bei Karin durch. Sie kaufte gleich einen ganzen Batzen von diesem Rindfleisch, schnitt es klein und fror einzelne Portionen ein. Zwischendurch erhielt ich Putenherzen, Hühnermägen und Nieren, weil Karin fand, täglich Rindfleisch wäre zu teuer. Jeden Morgen wurde nun eines dieser kleinen Päckchen wieder aufgetaut und so hatte ich stets frisches Fleisch.

Wenn ich gefrühstückt hatte, bekamen Karin und Stefan auch langsam Hunger. Sie trugen vielerlei Leckerbissen in das Esszimmer und stellten sie auf den Tisch. Jetzt war es für mich an der Zeit, auf einem freien Stuhl Platz zu nehmen, von dem ich gut sehen konnte.

Ich hatte ja satt zu sein und durfte eigentlich nur zuschauen. Das, was Stefan und Karin aßen, schmeckte aber ganz anders. Ich merkte es schon an dem fremden Geruch.

Da war es doch eigentlich mehr als richtig, wenn ich von den Sachen wenigstens mal kosten dürfte. Zunächst saß ich ganz still und beobachtete alles nur, aber nach einer Weile legte ich eine Pfote auf den Tisch und schon wurde es von Karin beanstandet: »Mausi, so etwas schickt sich nicht.« Wie sie gleich unangenehm laut ihre Stimme erhob: »Nimm sofort die Pfote vom Tisch.« Warum, dachte ich, ihr Menschen habt eure Pfoten doch auch auf dem Tisch. Ich ließ sie einfach dort liegen. Dabei legte ich meinen Kopf etwas schief und sah Frauchen und Herrchen abwechselnd mit treuem Blick an. Dann schleckte ich mir genüsslich über das Mäulchen, solange, bis die Pfote auf dem Tisch bleiben durfte.

Wenn ich nun immer noch nichts zu kosten bekam, musste ich erneut nachhelfen. Ich schob die Pfote noch etwas mehr nach vorn, holte die zweite zu Hilfe und nach und nach befand sich mein ganzer Oberkörper auf dem Tisch. So blieb ich eine Weile ruhig liegen und beobachtete Karin und Stefan. Wenn sie stur waren und mir immer noch nichts von ihren Leckereien abgaben, angelte ich mit meiner Pfote nach dem Milchkännchen. Nun hatte ich endgültig gesiegt. Stefan und Karin mussten lachen und ich bekam ein wenig Milch aus dem kleinen Kännchen. Ich hatte festgestellt, dass sie besser schmeckte als die aus meinem Trinknapf. Sie war viel dicker und sahniger.

Natürlich war ich damit noch nicht zufrieden und forderte auch noch ein wenig Quark, ein Stückchen Schinken oder von dem leckeren Käse, je nachdem, wonach mir gerade war.

Ich beschloss, mir zu allen Mahlzeiten Kostproben zu erbetteln, wobei das Mittagessen stets besonders interessant war. Bald hatte meine Familie gelernt, dass ich gern Saucen und Eintöpfe schleckte, ein Stück von Karins Kotelett kosten wollte und auch gekochten Fisch nicht verschmähte.

Doch zurück zum Frühstück. Wenn also Sonntag war, trank Anja morgens nicht ihren Kaffee wie an den Wochentagen bei Stefan und Karin sondern gemeinsam mit Andreas. Die beiden standen erst auf, wenn ich mein zweites Frühstück bei Karin und Stefan schon beendet hatte. Deshalb erklärte ich Karin, dass ich nun unbedingt zu ihnen in den oberen Stock wollte. Sie öffnete mir die Tür und ich lief rasch die Treppe hinauf. Zunächst holte ich mir von Anja meine Streicheleinheiten.

Ich schnurrte, wie es sich für einen anständigen Kater gehört, nahm dann auf einem Stuhl am Esszimmertisch Platz und erbettelte mir ein weiteres Frühstück. Daher waren die Sonntage mit den vielen leckeren Häppchen für mich besonders schöne Tage.

Wozu Wäscheleinen gut sind

Eines Morgens standen Karin und Stefan besonders zeitig auf. Das Wetter war schön und sie wollten im Garten arbeiten. Wir frühstückten noch gemeinsam, dann gingen sie hinaus und ließen mich allein in der Wohnung zurück. Auf die Idee, dass ich auch mit hinauswollte, kamen sie nicht. Mir blieb also nichts anderes übrig, als mich auf den Stuhl zu setzen, der mir immer vor die Glastür zum Garten gestellt wurde, damit ich hinaussehen konnte. Hinaussehen war nicht direkt schlecht, nur alles ansehen und beschnüffeln konnte ich von drinnen nicht. Auch Anja und Andreas sah ich nach einer Weile in den Garten gehen, aber sie ließen mich ebenfalls nicht hinaus. Es half nichts, ich musste ihnen irgendwie klarmachen, dass ich nicht allein im Zimmer bleiben konnte.

Ich stellte mich auf die Hinterpfoten und jedes Mal, wenn jemand zu mir hinsah, machte ich »mäh« und kratzte mit den Vorderpfoten an der Glasscheibe. Ich wusste aus Erfahrung, dass mir selten ein Wunsch abgeschlagen wurde und wenn ich nur lange genug »mäh« machen und an der Scheibe kratzen würde, hätte ich vielleicht eine Chance.

Eigentlich miaue ich ja, aber Andreas sagte immer, ich könnte gar nicht richtig »miau« machen, ich würde nur ein »mäh« zustande bringen. Nun, das war im Augenblick auch nicht wichtig, die Hauptsache, ich erreichte mein Ziel. Und richtig, nach einiger Zeit hörte ich Anja sagen: »Seht doch mal, die Mausi möchte so gern in den Garten, wollen wir sie nicht doch hinauslassen, wir müssen eben auf sie aufpassen.« Karin hatte zwar noch Angst, dass ich weglaufen und nicht mehr zurückfinden könnte, doch schon kam Anja und öffnete mir die Tür. Ich beeilte mich hinauszukommen, damit sie es sich nicht noch einmal anders überlegte. Ich hielt mich ganz in ihrer Nähe auf, da ich ständig beobachtet wurde. Als alle sahen, dass ich an ihrer Seite blieb, wandten sie sich schließlich beruhigt der Gartenarbeit zu.

Ich nutzte die Gelegenheit, mich ein wenig umzuschauen. Was gab es nicht alles zu sehen und zu riechen. Da waren viele unterschiedliche Pflanzen, die wunderschön dufteten und grüne Büsche, hinter denen ich mich verstecken konnte. Von dort konnte ich die Vögel beobachten, die zahlreich herumflogen, so wie ich es bisher nur aus dem Fernseher kannte. Und wenn ich mir genügend Zeit nehmen würde, vielleicht gelänge es mir dann, einen zu fangen. Es gab Gras, in das ich mich legen konnte, in dem es sich gut schlafen, dösen oder träumen ließ und ich beobachtete aus halb geschlossenen Augen, was um mich herum passierte. Das Gras roch so köstlich in meiner

Nase. Es erinnerte mich an Futter und ich beschloss, es zu probieren. Es schmeckte mir, nur hatte es den Nachteil, dass es nicht in meinem Magen bleiben wollte und kurze Zeit später musste ich es wieder hervorwürgen. Dabei kamen auch gleich die Haare aus meinem Bauch, die ich beim Putzen versehentlich verschluckt hatte. Das erschien mir sehr praktisch und ich beschloss, künftig regelmäßig Gras zu fressen. Das lieferte mir gleich einen plausiblen Grund, meinen Menschen weitere Aufenthalte im Freien zu erklären, denn in der Wohnung hatten sie dieses Gras ja nicht.

Ich entdeckte Bäume, deren Stämme sich dazu eigneten, meine Krallen zu wetzen. Ob man diese Stämme wohl auch hinaufklettern und sich die Welt einmal von oben anschauen könnte? Ich wollte es nicht gleich ausprobieren. Es hätte ja sein können, dass Stefan oder Karin dagegen wären, dann würden sie mich vielleicht wieder einsperren.

Mein Rundgang dehnte sich immer weiter aus. Ich gelangte bis zum Gartenzaun und stellte fest, dass die Welt außerhalb des Gartens völlig anders aussah. Vor Aufregung bekam ich einen dicken Schwanz und meine Schnurrhaare begannen zu zittern.

Auf der Straße fuhren nämlich viele Autos und es war interessant, sie zu beobachten.

Ob ich mich wohl über den Zaun wagen sollte, damit ich sie noch besser sehen könnte? Doch oh Schreck, da hörte ich schon Anjas Stimme: »Mausi sitzt am Zaun« und sofort kam sie mit Karin angelaufen, um mich auf den Arm zu nehmen. Sie erklärte mir, dass ich nicht auf die Straße dürfte, weil diese Autos mich überfahren könnten. Dabei waren Autos so eine schöne Erfindung. Es war zwar scheußlich, in diesen Dingern zu sitzen, wenn sie in Bewegung waren, denn man wusste ja nie, wo sie mit einem hinfuhren, aber ich mochte das Auto von Andreas, wenn es in der Garage stand.

Es roch so wunderbar nach Benzin und ich konnte mich darunterlegen und den Duft einatmen oder ich sprang hinein, sobald die Türen aufstanden, um ein Schläfchen auf dem Autositz zu halten.

Diese Autos auf der Straße sahen alle unterschiedlich aus. Ich begann, auf Anjas Arm zu zappeln und wollte ihr begreiflich machen, dass ich die Fahrzeuge einmal aus der Nähe betrachten möchte. Dazu wäre es sicher günstig, mich einfach mitten auf die Fahrbahn zu setzen.

Dafür hatte Anja nun überhaupt kein Verständnis: »Mausi, ich habe dir doch gerade erklärt, dass dich die Autos überfahren würden, hast du das nicht begriffen?« »Nein,« mauzte ich, »lass mich doch wenigstens einmal auf die Straße.«

Aber Anja packte mich kurzerhand und verfrachtete mich wieder in die Wohnung.

Am Abend saßen alle Vier zusammen und hielten Familienrat. Ich hörte angespannt zu. Sie sahen zwar ein, dass ich sowohl eine Wohnungs- als auch eine Gartenkatze sein wollte, hatten aber gleichzeitig Angst um mich. Karin kam auf den Gedanken, eine Leine für mich zu kaufen und mich draußen anzuleinen. Das gefiel mir natürlich nicht so gut. Ich konnte mich nicht erinnern, jemals eine von uns Katzen an der Leine gesehen zu haben. Karin versprach aber, dass ich dann immer, wenn ich Lust hätte, in den Garten könnte, auch wenn keiner aus der Familie draußen war.

Am nächsten Tag machte sie sich gleich auf den Weg und kehrte mit einem Katzengeschirr zurück. Jedes Mal, bevor ich in den Garten wollte, würden sie nun »Mausi, mach hopp« rufen. Ich sollte dann extra auf den Stuhl springen, um mir das Geschirr anlegen zu lassen. Für mich machte das keinen Sinn, aber die Menschen fanden es wohl bequemer, wenn sie sich nicht bücken mussten. Ich machte also wunschgemäß »hopp« - was tat man nicht alles - und hatte anschließend meinen Kopf durch eine Schlinge zu stecken, die etwas fester an meinen Hals gezogen wurde, gerade so, dass sie nicht zu eng anlag, ich aber nicht allein wieder herauskam. An diesem Geschirr wurde eine Leine befestigt.

Anja hatte mir erzählt, dass auch andere Tiere, sie nannten sich Hunde, die ich noch nicht kennengelernt hatte, so ein Ding anlegen mussten. Weit laufen konnte ich damit allerdings nicht. Als Karin das ebenfalls feststellte, befestigte sie diese Hundeleine - oder sollte ich besser Katzenleine sagen - an einer langen Wäscheleine.

Davon gab es zwei. Eine befand sich dicht am Haus, damit ich jederzeit kontrollieren konnte, was Karin und Stefan drinnen machten. Die andere Leine wurde im hinteren Teil des Gartens an einem Kirschbaum festgemacht. So hatte ich Abwechslung und konnte mir aussuchen, wo ich sein wollte.

Beim Arzt

Eines Tages musste ich zum Arzt, obgleich ich gar nicht krank war. Damit ich es auch nicht werden würde, sollte ich gegen Katzenseuche geimpft werden. Anja und Karin wollten mit mir in die Praxis fahren. Wir konnten nicht mit dem Auto dorthin, weil Andreas damit in seiner Firma war, sondern mussten den Bus nehmen. Bevor es losgehen sollte, erschien Karin mit einer großen Tasche, die einen Reißverschluss hatte. Sie hielt die Tasche auf, Anja setzte mich hinein und ehe ich mich besinnen konnte, zog Karin schnell den Reißverschluss zu. Ich sah nun nicht, wohin sie mich trugen, denn die Tasche hatte keine Fenster und so saß ich völlig im Dunkeln. Ich boxte heftig mit dem Kopf dagegen. Damit ich Luft bekam, hatte Karin den Reißverschluss nicht ganz bis zum Ende zugezogen. So hoffte ich, ihn öffnen zu können und schon nach kurzer Zeit hatten meine Bemühungen Erfolg. Der Reißverschluss ging etwas weiter auf, so passte mein Kopf hindurch und ich konnte hinausschauen.

Wo waren wir denn hier gelandet? Auch in einem Auto, aber in einem ganz großen, wo viel mehr Menschen hineinpassten, als in das von Andreas. Und alle Leute sahen mich an, einige wollten mich sogar anfassen. Das war mir unangenehm, ein Glück, dass wir bald wieder ausstiegen.

Wir gingen ein paar Schritte die Straße entlang, bis zu einem großen Haus und klingelten an einer Tür. Hier sollte der Tierarzt wohnen. Nachdem mich Karin bei einer Frau in einem weißen Kittel angemeldet hatte, wurden wir aufgefordert, in einem Wartezimmer Platz zu nehmen. Wir waren hier nicht allein. Ich entdeckte einige meiner Artgenossen, die ganz still und verschreckt auf dem Schoß ihrer Menschen saßen. Dann waren da noch andere Tiere. Sie hatten auch vier Pfoten und einen Schwanz, aber miauten nicht sondern konnten laut bellen und waren zum Teil viel größer als ich. Das sollten Hunde sein. Nun wusste ich endlich, wie sie aussahen. Sie verhielten sich ganz unterschiedlich.

Ein großer Schäferhund verkroch sich ängstlich in einer Ecke, aber ein anderer kleiner Hund näherte sich neugierig unserem Stuhl und wedelte mit dem Schwanz. Das konnte ich nicht zulassen. Also stand ich auf und fauchte. Er verstand und zog sich zurück. Außer der Hunde waren noch Hamster und Vögel gekommen. Die hätte ich schön jagen können, wo sie mir doch sozusagen vor der Nase saßen.

Aber irgendwie war mir nicht danach zumute. Hier war irgend etwas unheimlich, allein schon dieser komische Geruch, der im Zimmer war. Zu Hause roch es nie so. Ob hier nie gelüftet wurde?

Ab und zu erschien diese Frau von der Anmeldung und rief einen von uns Wartenden auf. Einige der Hunde weigerten sich zunächst, mit ihren Herrchen in das sogenannte Behandlungszimmer zu gehen. Das machte auch mich ängstlich, zumal ich die Hunde nie wieder herauskommen sah. Aber was blieb mir anderes übrig, ich wartete geduldig, bis wir an der Reihe waren und ging dann freiwillig mit. Was sollte mir schon passieren, meine beiden Frauchen würden schon auf mich aufpassen.

Im Behandlungszimmer stand ein Doktor und sagte als Begrüßung:

»Wen haben wir nun?« Was hatte der denn für ein Benehmen? Eigentlich wollte ich ja freundlich miau sagen und mich vorstellen, aber nun ließ ich es bleiben. Dieser Doktor schien mir nicht wohlgesonnen. Ob die Hunde doch recht hatten, weil sie hier nicht freiwillig hereinwollten?

Der Doktor nahm mich aus der Tasche und setzte mich auf einen blanken Tisch und Karin sagte, dass sie mich impfen lassen wollte.

Da holte der Doktor, ohne ein weiteres Wort an mich zu verlieren, eine lange Nadel und pikte mir in mein schönes Fell. Das gefiel mir überhaupt nicht. Ich fauchte ihn wütend an: »Finger weg von meinem Fell,« miaute ich unmissverständlich, aber das interessierte den Arzt überhaupt nicht. Im Gegenteil. Er fragte, wie alt ich wäre, berührte mich unsittlich und sagte, ich müsste nun bald kastriert werden. Was das wohl bedeutete? Vielleicht würde er mir dann wieder in mein Fell stechen. Dafür, dass er mich gepikt hatte, nahm er auch noch Geld.

Das war doch alles keine Art. Ich hatte ihm doch gar nichts getan. Auch Anja und Karin fanden ihn nicht nett und meinten, zu ihm wollten sie mit mir nicht mehr gehen. Wir gingen schnell durch eine andere Tür hinaus. So hatten es wohl auch die Hunde gemacht, deshalb sah ich sie nie wieder aus dem Sprechzimmer kommen. Von der Arzthelferin ließen sich Anja und Karin nur noch mein Impfbuch ausstellen, in dem vermerkt war wie ich heiße und wogegen ich geimpft wurde.

Dann verließen wir schnell die Praxis und machten uns auf den Heimweg. Als abends Stefan und Andreas nach Hause kamen, erzählten Anja und Karin von dem Arztbesuch und Stefan streichelte mich und sagte: »Mausi, das hast du richtig gemacht, dass du den Doktor angefaucht hast.« Ich war ganz stolz auf mich.

Wie man ein Geschenk verschönt

Als ich noch keine Leine hatte und folglich auch nicht in den Garten durfte, brauchte ich etwas, um meine Krallen zu wetzen. Stefan holte mir ein Stück eines Baumstammes und legte ihn ins Zimmer.

Ich betrachtete ihn von allen Seiten, aber er gefiel mir nicht. Wenn ich schon hier drinnen meine Krallen wetzen sollte, würde ich mir selbst etwas Geeignetes aussuchen. Ich schaute mich um und entdeckte im Wohnzimmer eine Couch.

Sie hatte einen braunen Stoff, der für meine Krallen sehr griffig war. Ich beschloss, ihn gleich zu testen. Dazu spreizte ich meine Zehen und steckte eine Kralle in den Stoff. Ich zog daran und beobachtete, wie sich die kleinen Schlingen vergrößerten. Das sah sehr lustig aus. Ich bearbeitete Schlinge für Schlinge. Auf diese Weise bekam die ganze Couch ein sehr schönes Muster. Als ich fertig war, lief ich stolz in die Küche, wo sich Karin gerade mit dem Essen beschäftigte. Ich gab ihr zu verstehen, dass sie mal mitkommen soll. Sie folgte mir und ich sprang auf die Couch und sah sie erwartungsvoll an. Ach, wie war ich enttäuscht. Karin missfiel nicht nur das Muster, nein, sie erhob ihre Stimme zu einer unangenehmen Lautstärke, als wäre ich durch das Fäden ziehen schwerhörig geworden. Ich solle sofort da herunterkommen, so etwas dürfe ich nie wieder tun.

Dann sagte sie, die Couch wäre zwar alt und sie sollte ohnehin weggeben werden, aber nicht auf den Müll, sondern sie sei ein Geschenk für andere Leute, die sie in den nächsten Tagen abholen wollten. Was würden die nun sagen? Nun verstand ich gar nichts mehr. Woher wollte denn mein Frauchen wissen, dass sich diese Leute nicht gerade über das schöne Muster freuen würden? Vielleicht würden sie ja viel lieber auf diesen großen Schlingen sitzen als auf so einem glatten Stoff.

Aber künftig war die Sache mit meinen Krallen ja kein Thema mehr, weil ich in den Garten durfte. So konnte auch dieses Baumstück wieder aus dem Zimmer entfernt werden. Ich hatte nun für meine Krallen im Garten genug große Baumstämme zur Auswahl und konnte selbst entscheiden, welchen ich benutzen würde.

Ich baute ein Haus

Kurz bevor ich zu meinen Menschen kam, hatten Anja und Andreas geheiratet. Nun war ihnen die vorhandene Wohnung zu klein. Deshalb schlugen ihnen Stefan und Karin vor, die Terrasse im ersten Stock zuzubauen. Dann stünden ein weiteres Zimmer und eine Küche zur Verfügung.

Das war eine spannende Zeit, als der Umbau begann. An das vorhandene Haus kam ein Gerüst. Es diente in erster Linie dazu, dass ich von dem Nussbaum, der in der Nähe stand, besser auf die Terrasse gelangen und den Arbeiten zusehen konnte. Als Erstes wurden die Materialien angeliefert. Es türmten sich Berge von Sand und Steinen vor mir auf, lange Latten lagen auf dem Rasen, auf denen ich entlangbalancieren konnte und ich beobachtete, wie Andreas und Stefan Löcher in die Hauswand stemmten. Das war für meine Katzenohren zwar sehr laut, aber ich wollte es mir trotzdem nicht entgehen lassen. Mühsam war nur die anschließende Pflege meines Fells. Ich hatte ewig zu tun, weil es völlig eingestaubt war.

Später kamen dann die Maurer und es wurde meine Aufgabe zu prüfen, ob sie auch korrekt arbeiteten.

Dazu ging ich manchmal dicht an ihre Kellen heran und sie sagten, ich müsse aufpassen, damit sie mich nicht aus Versehen einmauern.

Sobald die Arbeiten abends beendet waren, zogen Andreas und Stefan ihre durchgeschwitzten Sachen aus, um sich ebenfalls zu putzen. Die Sachen landeten dann auf der Erde neben der Badewanne und ich fand, dass sie angenehm rochen. Vor Behagen wälzte ich mich darin herum und sabberte sie ganz nass. Dann träumte ich darauf und ruhte mich von der Tagesarbeit aus, bis Karin sie mir wegnahm und in den Keller trug.

So verging ein Tag nach dem anderen und ich war immer damit beschäftigt zu beobachten, dass die Handwerker alles richtig machten, bis die Arbeit fertig war.

Es sah alles sehr schön aus, wie hätte es auch anders sein können. Schließlich habe ich ja dazu beigetragen.

Als die Bauarbeiten noch im Gange waren und im ganzen Haus die Türen offen standen, durfte ich auch endlich in den Keller. Das war vielleicht aufregend. Dort lagen so viele Dinge herum, über die ich klettern konnte und es gab einen Koffer, der auf einem Schrank lag und auf dem ich fortan gerne schlief. Später, als der Anbau fertig war und die Türen wieder zugemacht wurden, bat ich Karin häufig, mich in den Keller zu lassen und da fand ich auch oft schmutzige Wäsche, die in der Waschküche in einem Korb gesammelt wurde und die ich so liebte. Ich wechsele nun meine Ruheplätze zwischen Koffer und Wäschekorb.

Als ich einmal aufwachte, aber noch keine Lust hatte, nach oben zu gehen, bemerkte ich, dass ich gar nicht so allein im Keller war, wie ich es angenommen hatte.

An der Wand krabbelte nämlich etwas herum und blieb dann als schwarzer Fleck unbeweglich sitzen.

Anja erzählte mir später, dass dies Spinnen waren und sie sich so vor ihnen graulte. Wenn sie eine sah, rief sie immer nach Karin oder Stefan, damit sie kamen und die Spinnen totmachten. So etwas Albernes, wusste sie nicht, wie schön es sich mit ihnen spielen ließ? Es war nicht leicht, sie zu fangen. Sobald ich sie mit der Pfote vorsichtig antippte, krabbelten sie blitzschnell weg. Ich musste wieder warten, bis sie woanders sitzen blieben. Manchmal waren sie auch gemein, dann krochen sie die Decke so weit hinauf, dass ich sie nicht mehr erreichen konnte, selbst dann nicht, wenn ich mich ganz lang an der Wand hinaufstreckte.

Ich hatte oft das Gefühl, dass sie schadenfroh von oben auf mich herabsahen. Sie waren immer so flink auf ihren vielen Beinen, dass ich Mühe hatte, sie einzuholen. Wenn ich es aber geschickt anstellte und mir genügend Zeit nahm, konnte ich sie fangen. Dann verspeiste ich sie mit Vergnügen und aus Rache für ihre Schadenfreude.

Es gab aber noch weitere Tiere im Keller, ganz kleine schwarze, die auf der Erde herumkrochen. Stefan sprach davon, dass sie sich Kellerasseln nennen. Wenn ich die mit meiner Pfote berührte, krabbelten sie nicht wie die Spinnen davon, sondern rollten sich zusammen und ich konnte mit ihnen spielen wie mit einer Murmel und sie durch den ganzen Keller kullern.

Sobald ich sie in Ruhe ließ, rollten sie sich wieder auf. Ich konnte mit meinem Spiel erneut beginnen, bis ich genug hatte und sie auffraß. Das knackte dann so schön. Karin und Anja sagten, ich wäre ein Ferkel, weil ich diese Kellerasseln aß. Ein Ferkel konnte ich aber nicht sein, denn ich wusste doch genau, dass ich ein Kater bin.

Gartengeschichten

Ich hielt mich im Sommer fast täglich im Garten auf, sobald die Sonne schien, wollte ich hinaus. Am schönsten war es, wenn wir alle zusammen draußen waren, dann war ich nicht so allein. Natürlich konnte ich mich auch selbst beschäftigen, denn es gab immer viel zu beobachten und zu entdecken. Käfer zum Beispiel. Davon existierten gleich mehrere Arten, rote, mit schwarzen Punkten, die auf der Wiese saßen und die feinen, dünnen Grashalme heraufkrabbelten oder dicke schwarze, die in der Sonne in bunten Farben glänzten. Die kleinen roten beobachtete ich immer nur, während ich die schwarzen auch schon mal auffraß.

Auf den Sandwegen liefen Winzlinge herum, die sich vor mir überhaupt nicht fürchteten und mir, wenn ich nicht achtgab, auch über die Pfoten krochen. Ameisen sagten die Menschen dazu. Dann waren da ganz merkwürdige Gebilde, die förmlich durch den Garten schlichen. Sie waren kaum zu sehen, weil sie, wohl damit ich sie nicht so schnell entdeckte, ein Häuschen mit sich herumtrugen, unter dem sie sich versteckten. Anja erklärte mir, dass es sich um Schnecken handelte. Ja und dann gab es noch Regenwürmer, die sich des Weges entlangschlängelten, sich erst ganz langmachten, dann wieder zusammenkrümmten und denen es offenbar nichts ausmachte, wenn ich sie mit der Pfote anstupste. Schnecken und Regenwürmer gefielen mir nicht besonders, sie rochen nicht gut und ich verspürte keine Lust, sie zu kosten.

Es gab auch noch ganz komplizierte Tiere, kompliziert deshalb, weil sie sich von mir selten fangen ließen. Sie nannten sich Schmetterlinge und sahen wunderschön aus. Sie setzten sich auf Blüten und Blätter und immer, wenn ich mich ihnen näherte, flogen die durch die Lüfte davon und ich hatte das Nachsehen. Ich sprang ihnen hinterher, verlor manchmal die Balance und schlug Purzelbaum. So hatten wir viel Spaß miteinander. Da ich aber ehrgeizig war, gelang es mir gelegentlich doch, einen Schmetterling zu fangen, dann verspeiste ich ihn natürlich.

Wenn ich ausgiebig gespielt und mich dösend in der Sonne gewärmt hatte und immer noch niemand von der Familie erschien, wurde es mir zu langweilig. Dann lief ich ins Haus, so weit, wie ich eben mit meiner Leine kommen konnte und mauzte, was das Zeug hielt. Meist erschien dann Karin, um zu fragen, was ich wollte. Was wohl, bei dem schönen Wetter? Manchmal war Frauchen dumm und verstand mich einfach nicht.

Sie holte mir meinen Futternapf, obwohl ich gar keinen Hunger hatte oder den Trinknapf, obwohl für mich zum Trinken ein Eimer Wasser im Garten stand und ich gar keinen Durst haben konnte. Irgendwann begriff sie schließlich, dass es mir auf ihre Gesellschaft ankam. Sie war dann so nett und verlegte einen Teil ihrer Küchenarbeit in den Garten. So schälte sie die Kartoffeln draußen oder den Spargel und ich konnte mit den geschälten Spargelstangen spielen und sie umherrollen lassen. Sie waren eigentlich viel zu schade zum Essen.

Ich ging auch gern in den Garten, weil ich dort lieber mein Geschäft verrichtete als auf dem Katzenklo in der Wohnung. Für mein großes Geschäft buddelte ich mir immer ein Loch in den Sand.

Einmal hatte ich besonderes Glück. Ich war noch auf der Suche nach einem geeigneten Platz, als mir auffiel, dass Karin mir die Arbeit schon abgenommen und gleich mehrere Löcher zur Auswahl vorbereitet hatte, damit ich mir eins aussuchen konnte. Ich nahm das, welches mir am geeignetsten erschien und scharrte es nach getaner Verrichtung wieder zu. Als Karin das bemerkte, lachte sie und meinte, dass die Löcher nicht für mich, sondern für die Tulpenzwiebeln gedacht waren.

Wenn ich sehr lange allein im Garten war, verhedderte ich mich mit meiner langen Leine zuweilen am Kirschbaum. Ich lief dann, weil ich woanders hinwollte, aus Versehen mehrmals in derselben Richtung um den Baumstamm. Meine

Leine wurde bei jeder Umrundung kürzer, bis sie so kurz war, dass ich mich nicht mehr bewegen konnte. Ich saß fest und da mir nun interessante Dinge entgingen, wurde ich wütend. Wenn ich schon angeleint herumlaufen musste, konnte doch jemand aus dem Haus nach einer Weile nachsehen, wie es mir ging. Ich versuchte selbstverständlich, mich alleine zu befreien und wurstelte an dem Geschirr herum. Wenn ich Glück hatte, gelang es mir auch. Nun wurde es interessant. Ich konnte herumlaufen, wo ich wollte und das tun, woran ich Spaß hatte. Aber sobald es jemand aus der Familie bemerkte, war das Geschrei groß. »Mausi ist von der Leine«, riefen sie dann und plötzlich hatten sie alle Zeit und jagten hinter mir her, um mich zu fangen. Sie taten so, als würde gleich die Welt untergehen. Aber so schnell wollte ich meine Freiheit nicht wieder aufgeben. Ich sah alle Familienmitglieder unschuldig an, ließ sie dicht an mich herankommen und tat so, als würde ich mich greifen lassen. Doch kurz bevor sie mich fangen konnten, schlug ich einen Haken und entkam. Das machte ich mehrmals, aber irgendwann erwischten sie mich schließlich. Ein wenig unfair war die Sache aber auch: Vier Personen gegen eine Katze. In den meisten Fällen gelang es mir leider nicht, aus der verhedderten Leine zu kommen und mir blieb nichts anderes übrig, als ewig zu warten, bis mich ein Zweibeiner erlöste. Dann schwor ich

Rache und sobald ich befreit worden war, lief ich demjenigen hinterher, der meine Leine wieder entwirrt hatte und hackte ihm zur Strafe mit meinen Krallen in die Waden. Das mochten besonders Anja und Karin nicht, weil sie es durch ihre dünnen Strümpfe unangenehm spürten. Aber das war letzten Endes der Sinn der Sache.

Eine schöne Bescherung

Ich erlebte mein erstes Weihnachtsfest. Es war kalt geworden und schon lange machte es keinen Spaß mehr, im Garten zu sitzen.

Die Bäume waren kahl und ich konnte nicht mehr den herabfallenden bunten Blättern hinterherspringen und sie beobachten, wie sie im Wind tanzten. Anstelle der schönen warmen Sonne pfiff nun ein unangenehmer Wind durch mein Fell.

Doch als Ersatz für die vielen aufregenden Dinge, die sich im Garten tun ließen, wurde es nun im Haus spannend, denn meine Familie war bei den Weihnachtsvorbereitungen. Es herrschte eine rege Betriebsamkeit, wie ich es zuvor noch nie erlebt hatte. Jeder überlegte, womit er dem anderen eine Freude bereiten konnte und war auf der Suche nach einem passenden Geschenk. Wenn Anja oder Karin mit vollen Taschen nach Hause kamen, durfte ich immer beim Auspacken helfen. Die Tüten knisterten so geheimnisvoll und ich beobachtete gespannt, ob für mich ein neues Spielzeug zum Vorschein kam.

Die Geschenke wurden, nachdem die Preisschilder entfernt waren, in buntes Papier eingewickelt. Anschließend wurden Schleifen darum gebunden. Ich legte mich inmitten der Tüten und Papierrollen und half, sobald ich gebraucht wurde. Manchmal fühlten sich Anja und Karin jedoch durch mich gestört und sie schubsten mich einfach vom Tisch.

Da ich heimlich lauschte, erfuhr ich, dass mir Karin auch etwas zu Weihnachten kaufen wollte, eine extra große Portion Schabefleisch. Die sollte ich unter dem Weihnachtsbaum serviert bekommen. Das wäre ja nicht schlecht, andererseits bekam ich Schabefleisch immer mal zwischendurch und empfand es nicht als so ein besonderes Geschenk. Deshalb beschloss ich, mir auch noch selbst eine Freude zu bereiten. Als ich gerade überlegte, wie die wohl aussehen sollte, brachte mich Karin auf einen Gedanken, als sie mit Anja über das Weihnachtsessen sprach.

»Ich habe in diesem Jahr keinen Appetit auf Gänsebraten,« erklärte Karin, »ich werde lieber Putenkeulen holen.«

Mir war das egal, da ich weder wusste, wie Gans noch wie Pute schmeckt. Karin hatte keine Lust, erst einen Tag vor Weihnachten einkaufen zu gehen, wenn es in den Geschäften so voll sein würde. Deshalb besorgte sie die Putenkeulen schon etwas früher. Da weder im Kühlschrank noch in der Gefriertruhe Platz war, legte sie alle sechs Keulen in eine große Schüssel, um sie in den kalten Keller zu stellen, damit sie nicht verdarben. »Ich muss sie vor Mausi verstecken,« sagte sie zu Anja. Ich verstand das nicht, denn ich hatte sie doch längst gesehen. Außerdem wurden nur die schön verpackten Geschenke versteckt. Karin wollte jedoch aus irgendeinem Grund nicht, dass ich sie finde und stellte die Schüssel ganz nach oben auf ein Kellerregal. Sie glaubte, dass die Putenkeulen dort vor mir sicher sein würden. Heimlich beobachtete ich jedoch, wo sie abblieben.

Zwei Tage vor Weihnachten hörte ich, wie Karin zu Anja sagte: »Ich glaube Mausi ist krank, sie will gar nicht fressen. Ob wir wohl mit ihr zum Tierarzt gehen?« Du meine Güte, zum Tierarzt würde ich nicht schon wieder gehen wollen. Aber weil ich munter wie immer durch die Wohnung tobte, beschlossen sie, mich vor diesem grässlichen Doktor zu verschonen. Es wäre ja auch völlig unnötig gewesen, denn ich war ja nicht krank. Das merkte auch Karin, als sie die Putenkeulen wieder aus dem Keller holen wollte.

Es fehlten drei. Karin hatte sich nämlich geirrt, das Versteck war doch nicht so sicher.

Ich hatte mir einige Keulen aus der Schüssel geangelt und mich daran schadlos gehalten, denn rohes Fleisch schmeckte besonders lecker. Wie ich es anstellte, auf den obersten Regalboden zu kommen, blieb allen ein Rätsel und ich klärte meine Menschen nie darüber auf.

Die drei angeknabberten Putenkeulen fand Karin nach und nach dort, wo ich die Reste hinterlassen hatte. Karin behauptete, ich wäre schon richtig dick geworden. Doch wohl nicht von den mageren Keulen! Sie stelle sich mit mir zusammen auf die Waage und war ganz entsetzt. Vierzehn Pfund würde ich wiegen, viel zu viel für einen Kater. Blödsinn! Sie sollten lieber mal alle Vier auf ihr eigenes Gewicht achten und etwas weniger essen. Denn sie wogen gleichfalls ein paar Pfunde zu viel.

Nach solchen Vorkommnissen war stets die Rede davon, dass ich ungezogen war und besser erzogen werden müsse. Pah, nur weil ich nicht immer tat, was von mir erwartet wurde. Ich hatte schließlich auch meinen eigenen Kopf. Wenn sie ein gehorsames Tier wollten, hätten sie sich eben einen dieser Hunde kaufen müssen, die es nicht besser verstanden als zu parieren. Ich glaube, wenn sie ehrlich waren, wollten sie gar keinen artigen Kater. Durch meine vielen Talente und Unarten brachte ich sie ja dauernd zum Lachen.

Inzwischen schrieben wir den dreiundzwanzigsten Dezember und es war an der Zeit, den Weihnachtsbaum zu schmücken. Er war längst gekauft und wartete im Garten.

Stefan trug ihn ins Wohnzimmer und schraubte ihn in einem Ständer fest, damit er nicht umfiel. Im Zimmer stapelten sich bereits viele Kartons, die Karin aus dem Keller geholt hatte. Ich setzte mich auf einen, von dem aus ich eine gute Übersicht hatte und beobachtete aufmerksam das Treiben.

Damit es jetzt schon festlich wurde, schaltete Karin das Radio ein und wir hörten gemeinsam Weihnachtsmusik. Sie öffnete nun einen Karton nach dem anderen. Es kamen große bunte Kugeln zum Vorschein, die an die Zweige gehängt wurden.

Oben auf den Baum steckte Karin eine Spitze, damit jeder wusste, wo er aufhört. Ganz zum Schluss wurden die Äste mit langen, silbernen Fäden geschmückt. Das gefiel mir sehr. Ich überlegte, ob diese Fäden wohl für mich gedacht waren, als zusätzliches Geschenk. Ich hatte bereits festgestellt, dass die Nadeln am Weihnachtsbaum kein Ersatz für das Gras waren, das ich im Sommer im Garten aß. Auch das Katzengras, das mir Karin gekauft hatte, schmeckte nicht. Diese Nadeln waren aber ganz furchtbar. Sie ließen sich überhaupt nicht essen. Sie pikten scheußlich in der Nase, wenn ich ihnen zu nahe kam und ich musste niesen.

Gelegentlich hatte ich vernünftigen Ersatz für das Sommergras. Dann kauften Anja oder Karin einen Blumenstrauß und die Blumenverkäufer wussten sicher, dass eine Katze im Haus war. Sie steckten nämlich schöne grüne Zweige zwischen die Blumen, deren Blätter mir fast noch besser schmeckten als das Gras im Garten.

Ich begriff nur nicht, dass mir Karin oder Anja nicht gleich das Grün gaben, sondern zu den Blumen in die Vase stellten. Dadurch musste ich zum Fressen unnötigerweise auf den Tisch springen, auf dem sich die Vase befand. Dass ich auf den Tisch sprang, wollten sie aber nicht. Folglich musste ich es heimlich tun, wenn mich niemand beobachtete. Damit es schneller ging, fraß ich das Grünzeug direkt aus der Vase, ohne vorher die einzelnen Zweige herauszuziehen. Wurde ich trotzdem erwischt und ausgeschimpft, erschrak ich durch die lauten Stimmen und stieß die ganze Vase um. Sämtliche Blumen lagen jetzt auf dem Tisch und das herausgelaufene Wasser bildete einen See drum herum. Das hatten Anja und Karin nun davon.

Doch zurück zum Weihnachtsbaum. Ich wollte ja herausfinden, ob diese silbernen Fäden, zu denen Karin Lametta sagte, ein Ersatz für alles Grünzeug waren. Auf jeden Fall ließ sich damit spielen, bevor ich es kosten würde und so zog ich vorsichtig nacheinander einen Faden nach dem anderen vom Baum. Karin, die inzwischen in der Küche verschwunden war, sollte sehen, wie intelligent ich war. Ich brachte ihr das Lametta, um es vor ihren Augen zu fressen.

Da wurde sie böse mit mir und rief ganz laut: »Katzen dürfen kein Lametta fressen, dann werden sie schwer krank.« Sie nahm mir alles weg und ordnete an, dass die Wohnzimmertür fortan geschlossen werden müsse wenn niemand im

Zimmer war, damit ich kein Lametta mehr vom Baum zupfen konnte.

Der Heiligabend wurde sehr schön. Meine Familie ging in die Kirche und als sie nach Hause kam, wurde der Abendbrottisch gedeckt. Es gab Kartoffelsalat mit Würstchen, wobei ich besonders an den Würstchen Interesse zeigte. Dann wurden endlich die Geschenke ausgepackt. Jeder erhielt einige von den hübsch eingewickelten Päckchen und alle freuten sich. Ich bekam trotz der stibitzten Putenkeulen meine extra Portion Schabefleisch. Das verschlang ich sofort, obwohl ich von Whiskas und Würstchen schon satt war. Aber Schabefleisch konnte ich immer essen.

Anja und Andreas hatten sich für mich ein besonderes Geschenk ausgedacht. Es war ihnen doch wirklich gelungen, es bis zur Bescherung vor mir geheim zu halten. Es handelte sich um ein kleines Päckchen, das ebenfalls mit Weihnachtspapier und Schleife verziert war. Ich beschnüffelte es und untersuchte es mit der Pfote. Es roch nach nichts. Da ich nicht wusste, wie ich es auswickeln sollte und meine Bemühungen vergeblich waren, half mir Anja. Ich sah derweil mit schief gelegtem Kopf erwartungsvoll zu. Zum Vorschein kam ein kleines rosa Plüschding, ein Wurli, der so aussah, wie ein Regenwurm, aber dicker war. Dieser Wurli bewegte sich ähnlich wie eine Maus, erschien mal hinter der Sessellehne, schlich an der Couch entlang, verschwand wieder spurlos und wenn ich nachsehen ging, wo er geblieben war, tauchte er unerwartet an einer ganz anderen Stelle auf. Sobald es mir gelang, ihn zu fangen, nahm ich ihn zwischen meine Vorderpfoten. Ich pikste ihn auf die Kralle, sprang hoch, ließ ihn gleich darauf erneut los und jagte hinter ihm her durch das Zimmer. Ich packte ihn wieder und wieder, biss ihm in den Schwanz, um ihn sofort entkommen zu lassen und wenn er sich in Sicherheit wiegte, griff ich abermals an, sobald er frech vor meiner Nase herumtanzte.

Es war ein abendfüllender Spaß und nach ein paar Stunden hatte ich ihn fast zerfetzt.

Etwas traurig war ich, weil ich meiner Familie nichts schenken konnte, doch es gab in dieser kalten Jahreszeit keine Mäuse, die ich für sie hätte fangen können.

Die beiden Feiertage gestalteten sich, was das Essen betraf, sehr abwechslungsreich. Ich konnte probieren, wie die von mir übrig gelassenen Putenkeulen gebraten schmeckten und Anjas Sauce, die sie am zweiten Feiertag zum Sauerbraten machte, schleckte ich genauso gern.

An dem Schokoladenpudding zum Nachtisch störten mich die darin enthaltenen Nüsse, doch die Vanillesauce, die es dazu gab, war eine Köstlichkeit.

In jenem Jahr war das Weihnachtsfest für die Menschen besonders festlich. Es gab nämlich »Weiße Weihnachten,« das heißt, es hatte geschneit. Stefan war nicht so begeistert davon, weil er oft in die Kälte hinausmusste, um Schnee zu fegen. Alle fanden aber, Schnee gehöre von der Stimmung her einfach zu Weihnachten dazu. Ich machte die Erfahrung, dass Schnee für mich zwei Seiten hatte. Es lief sich darin nicht besonders gut, die Pfoten wurden schnell nass und kalt und wenn die Menschen Sand streuten, damit sie nicht ausrutschten, setzte sich dieser Sand zwischen meine Zehen. Er pikte mich und ich konnte zusehen, wie ich meine Zehen wieder sauber geputzt bekam. Andererseits waren Schneeflocken ein herrliches Spielzeug. Ich versuchte sie zu fangen, so wie im Sommer die Fliegen und Schmetterlinge. Es war aber auch gemütlich, im warmen Zimmer auf meinem Stuhl vor dem Fenster zu sitzen und hinauszusehen und zu beobachten, wie die einzelnen Flocken auf die Erde hinabtanzten. So hatte auch der Winter etwas Gutes.

Jahreswechsel oder was Menschen sich ausdenken, um Tiere zu erschrecken

Der friedlichen Zeit der Weihnachtsfeiertage mit den vielen Überraschungen und extra Streicheleinheiten, folgte ein ganz schreckliches Fest. Nie in meinem Leben hatte ich bisher solche Angst. Wir sollten ein neues Jahr bekommen und wollten es begrüßen. Zunächst ließ sich alles auch recht nett an. Anja und Karin begannen damit, sämtliche Zimmer zu schmücken. Sie bliesen kleine Bälle zu großen Ballons auf und befestigten überall Girlanden und Papierschlangen in der Wohnung. Ich wusste vor Freude gar nicht, womit ich zuerst spielen sollte. Mit den Luftballons zu spielen, erwies sich als nicht ganz ungefährlich, weil sie kaputtgingen, wenn ich mit meinen Krallen zu dicht herankam. Dann zerplatzten sie mit großem Krach und ich erschrak fürchterlich. So hielt ich mich lieber an die Papierschlangen, die ich dort wieder herunterzupfte, wo Anja und Karin sie aufgehängt hatten. Wenn ich genügend Schlangen zusammen hatte, konnte ich mich darin einwickeln. Anja meinte, nun hätten sie eine »Silvestermausi.« Wenn sie etwas an mir lustig fanden, holten sie einen Fotoapparat, um ein Erinnerungsfoto zu machen.

Wenn ich im Freien fotografiert wurde, störte es mich nicht sonderlich, aber in der Wohnung brachte Andreas am Fotoapparat einen zusätzlichen Kasten an. Wenn er dann auf den Auslöser drückte, blitzte es unangenehm grell in meinen Augen.

Da Silvester immer viele Gäste zu Besuch kamen, gab es für uns alle leckeres Essen. Es wurde viel gelacht und getanzt und wir waren sehr lustig. Wer konnte da annehmen, dass noch eine große Gefahr auf mich zukommen würde?

Kurz vor Mitternacht öffnete Karin eine Flasche Sekt, füllte ihn in die Gläser und alle warteten, bis es genau Null Uhr war, dann stießen sie miteinander auf das neue Jahr an, sagten Prost und wünschten sich alles Gute. Und mir, ihrem Mäuschen, natürlich auch.

Sie nahmen mich auf den Arm und streichelten mich. Doch ganz plötzlich waren sie wie umgewandelt. Sie setzten mich auf meinen Stuhl, verfielen in große Hektik, stellten ihr Glas halb ausgetrunken auf den Tisch, zogen sich ihre Mäntel an, gingen aus dem Haus und ließen ihr liebes Mäuschen allein.

In dem Augenblick, als die Haustür hinter ihnen ins Schloss fiel, setzte von der Straße ein ohrenbetäubender Lärm ein. Er kam aus allen Richtungen und ich wusste vor Aufregung nicht, wo ich mich verkriechen konnte. Es war als kämen tausende Blitzlichter auf einmal aus einem Fotoapparat, so hell wurde es zeitweise im

Zimmer. Zum Glück fiel mir das Bett ein. Mit dem Bett hatte ich schon gute Erfahrungen gemacht. Ich kroch eilig darunter und war dort wenigstens etwas geschützt, mit einem Dach über dem Kopf. Ich konnte auch nicht so schnell wieder vorgeholt werden, weil die Menschen nicht so lange Arme hatten, um mich einfach zu greifen. Sie mussten sich Besenstiele oder Kleiderbügel besorgen, mit denen sie unter das Bett langten und versuchen, mich hervorzuschieben.

Nachdem einige Zeit vergangen war, kam meine Familie mit den Gästen wieder ins Haus, lustig und fröhlich, wie sie es verlassen hatten. Ob sie diesen Krach wohl nicht gehört hatten? Solche Angst wie ich hatten sie offenbar nicht ausgestanden. »Wo ist denn Mausi,« fragte Anja. »Mausi, bist du etwa unter dem Bett? Du brauchst dich doch nicht zu verkriechen.« Ich sah ihre Gesichter unter das Bett gucken, aber ich traute dem Frieden nicht. Ich hörte doch noch immer die Knallerei, auch wenn sie inzwischen nicht mehr ganz so laut war. Sicherheitshalber verbrachte ich die restliche Nacht unter dem Bett und kam erst am nächsten Morgen, als mir der Magen knurrte, zum Vorschein. Anja versprach mir, dass sie das Radio lauter stellen, wenn sie wieder einmal Silvester feiern, damit ich die Knallerei nicht mehr höre und mich nicht fürchten muss.

Kater, Katze oder keins von beidem

Als ich neun Monate alt war, sollte ich kastriert werden. Meine Menschen meinten, es wäre nun auch Zeit, denn ich begann, überall mein Revier zu markieren. Angeblich roch das nicht so gut. Mag ja für Menschennasen so gewesen sein, aber es war nötig, sonst konnten meine Artgenossen nicht über mich Bescheid wissen.

Doch zu ihrem Entschluss, mich kastrieren zu lassen, trug auch ein weiteres Ereignis bei:

Da erschien nämlich neulich, als ich gerade im Esszimmer auf dem Stuhl saß und in den Garten sah, ein mir ganz fremder, dicker, schwarzer Kater, setzte sich einfach vor die Tür und starrte zu mir ins Zimmer. Dem gab ich gleich zu verstehen, dass sich so etwas nicht schickt, schließlich war hier mein Revier. Ich fing an zu jaulen, so laut ich nur konnte, immer wieder, ohne Luft zu holen. Und sofort erhielt ich Unterstützung. Anja und Andreas kamen von oben die Treppe heruntergelaufen und Stefan rannte die Kellertreppe herauf. Wie sich aber herausstellte, waren sie nicht meinetwegen erschienen, sondern weil sie dachten, Karin schreit so und ihr wäre etwas passiert. Als sie dann merkten, dass ich es war, fingen sie an zu lachen. Ich fand das alles gar nicht lustig. Ich jaulte also weiter, denn dieser schwarze Kater da draußen ergriff nicht etwa die Flucht, wie ich es bezweckt hatte, sondern jaulte seinerseits genauso laut zurück. Nun begann er auch noch, die Glastür anzuspringen und ich tat es ihm von drinnen gleich. Das wurde schließlich Andreas zu viel. Er ging hinauf in den ersten Stock, holte einen Eimer Wasser, öffnete das Fenster und schüttete das Wasser einfach auf den schwarzen Kater hinab. Der flitzte vielleicht davon.

In meinen Augen war der Besuch der fremden Katze schon gar kein Grund, mit mir zum Doktor zu gehen, aber meine Familie sah das anders. Sie meinte, ich bekomme jetzt Gefühle und würde dann wieder so laut jaulen sobald eine andere Katze auftaucht. Die Menschen reden aber auch oft so kompliziert, dass selbst intelligente Kater wie ich, sie nicht verstehen können.

Ich wusste natürlich nicht, was dort mit mir bei dem neuen Arzt passieren würde, darüber schwiegen sich alle aus, ich bekam lediglich mit, dass wir zu einem anderen Arzt gehen wollten. Ich durfte einen Tag vorher nichts mehr fressen, weil ich eine Vollnarkose bekommen sollte. Das fand ich ganz schön gemein, denn alle aus der Familie nahmen weiter ihre Mahlzeiten ein. Hörten sie denn nicht, wie mir der Magen knurrte? Und obwohl ich ganz lieb bettelte, blieben sie stur.

Wir fuhren auch nicht einfach nur zum Doktor, sondern in die Klinik für kleine Haustiere. Das war vielleicht ein weiter Weg. Aber dafür brauchten wir nicht zu warten, sondern konnten gleich in das Behandlungszimmer, nachdem wir uns angemeldet hatten.

Erst dachte ich, wie schön, dann habe ich es schnell hinter mir. Da konnte ich ja noch nicht ahnen, dass es viel schlimmer sein würde, als bei diesem ersten Doktor, von dem ich damals geimpft wurde. Es wurde uns nämlich gesagt, dass ich nicht gleich wieder mit nach Hause darf, sondern eine Nacht in der Klinik bleiben müsste. Anja und Karin hatten das auch nicht gewusst und waren ganz erschrocken. So willigte der Arzt schließlich ein, dass ich ausnahmsweise am Nachmitttag wieder entlassen werden durfte.

Der Doktor verbot Anja und Karin mit in den Behandlungsraum zu kommen und so war ich ganz allein, als er mich griff und auf den Operationstisch setzte. Ich hatte wieder solche Angst und mir wurde vor Aufregung ganz schlecht.

Warum hatten mich Anja und Karin nur allein gelassen? Auch dieser Doktor hatte plötzlich eine Spritze in der Hand und pikte mir in mein Fell, das musste wohl bei Ärzten so üblich sein. Ich glaubte, damit wäre ich erlöst, aber plötzlich wurde mir ganz trieselig und ich musste wohl eingeschlafen sein, denn als ich wieder aufwachte, saß ich zu Hause in eine Decke eingewickelt auf dem Schoß von Karin. Ich konnte mir das alles nicht erklären. Mir war immer noch schlecht und schwindelig, aber wenigstens war ich wieder daheim. Etwas war allerdings anders als vorher. Alles um meinen Po herum tat mir so furchtbar weh und juckte scheußlich.

Ich fühlte mich ganz schlapp und war nicht in der Lage von Frauchens Schoß herunterzuspringen. Hunger hatte ich auch keinen, der war mir vergangen. Dabei hatte ich doch so lange nichts mehr gegessen. Ob wir beim falschen Doktor waren und der mich erst krankgemacht hatte?

Karin legte mich auf ein Kissen auf der Erde und ich versuchte, noch etwas zu schlafen. Nach einiger Zeit musste ich auf die Toilette. Noch halb im Tran torkelte ich in das Badezimmer, schaffte es gerade noch mit den Vorderpfoten in mein Katzenklo. Weiter kam ich nicht, es lief alles daneben. Normalerweise hätte Karin sicherlich geschimpft über dieses Missgeschick, aber jetzt, wo ich krank war, wurde ich sogar gelobt, dass ich überhaupt zu meiner Toilette gegangen war.

Nach ein paar Tagen ging es mir besser, ich hatte wieder Hunger wie gewohnt und konnte wie früher herumtollen. Aber das eine hatte ich gelernt: Wenn ich jemals in meinem Leben wieder zum Doktor müsste, er könnte mit mir machen, was er will, aber kastrieren würde ich mich nicht noch einmal lassen.

Wenn meine Familie annahm, ich hätte nun meine Gefühle verloren, dann irrte sie. Auch wenn ich nun angeblich kein richtiger Kater mehr war, sehnte ich mich manchmal doch nach weiblicher Gesellschaft. Ich wusste auch nicht, was ich denn jetzt anstelle eines Katers sein sollte, eine Katze etwa oder nichts von beidem? Vater konnte ich nun zwar nicht mehr werden, aber meinen Spaß wollte ich schon noch haben. Da mir keine Katze zum Schmusen zur Verfügung stand, mussten nun abwechselnd Anja und Karin als Ersatz dienen. Wenn sie im Bett oder im Liegestuhl lagen, sprang ich hinauf, stieß ein paar gurrende Laute aus, nahm ein Stück Haut von ihrem Arm zwischen meine Zähne und verdrehte wollüstig die Augen. Dann schnurrte ich laut und benutzte ihren Arm als Katzenersatz. Manchmal biss ich auch etwas grob zu, dass es ihnen wehtat, dann stupsten sie mich weg, aber meist ließen sie mich gewähren. Nur Andreas passte das nicht. Wenn er dazukam, rief er: »Mausi, runter da« und hob seinen großen Zeigefinger. Vor dem Zeigefinger hatte ich Respekt und verschwand lieber unter dem Bett. Ob Andreas wohl eifersüchtig war, weil er mich immer verjagte?

Vom Frühsport, Hausputz, von Flöhen und den Müllmännern

Es war wieder einmal Mittwoch. Ich wusste immer, wann Mittwoch war. Der Mittwoch war ein unerfreulicher Tag, an dem kamen die Müllmänner. Karin und Stefan standen dann besonders früh auf, weil sie die Mülleimer vor die Gartentür stellen mussten. Es war günstig, dass sie zeitig aufstanden. Ich konnte mir dann die lange Prozedur ersparen, die ich sonst morgens mit ihnen hatte, wenn sie länger im Bett bleiben wollten als ich. In so einem Fall blieb mir nämlich nichts anderes übrig, als sie zu wecken.

Oft schlief ich auf der Zeitung, die auf dem Tisch im Wohnzimmer lag. Auf einer Zeitung lag ich immer gerne. Hatte ich die einmal aufgewärmt, blieb sie so schön warm, was angenehm zum Träumen war. Manchmal wurde es mir zu langweilig, so allein die ganze Nacht, dann ging ich zu Karin und Stefan ins Bett. Das gefiel ihnen nicht immer, denn ich wachte nachts auch mal auf und putzte mich oder lief von einer Bettseite auf die andere und sie fühlten sich gestört. Aber meist durfte ich bei ihnen liegen und so konnte ich ihnen gleich Bescheid sagen, wenn ich fand, dass sie genug geschlafen hatten. Das tat ich in folgender Reihenfolge: Ich sprang auf den Nachtschrank und von dort auf das Regalbrett an ihrem Kopfende.

Jetzt blickte ich auf sie herunter und wartete. Sie hatten doch nun mitbekommen, dass ich wach war.

Aber häufig reagierten sie einfach nicht und ich musste zu anderen Mitteln greifen. Ich versuchte es zunächst mit der sanften Methode, indem ich Karin ganz sachte mit meiner Pfote auf die Stirn tippte. Half das allerdings nicht, brachte ich meine Krallen zum Vorschein und ziepte an ihren Haaren. Half das auch nicht, führte ich kleine Kunststücke vor. Ich sprang vom Nachtschrank auf den Ofen und von dort mit großem Satz auf den Kleiderschrank. Ich hechtete weiter auf die Gardinenleiste und zeigte, wie schön ich darauf balancieren konnte. Am Ende angekommen wurde es allerdings schwierig, dann musste ich auf der schmalen Leiste wenden ohne herunterzufallen. Ich traute mich nicht so richtig und mauzte laut, vielleicht würden mir Karin und Stefan helfen. Sie hatten mich auch schon von Leitern heruntergeholt, die ich wegen der schönen Aussicht gern hinaufkletterte und die sich abwärts schlecht liefen. Aber sie dachten nicht daran, meinetwegen aufzustehen. Sie blinzelten lediglich aus ihren verschlafenen Augen zu mir herauf. Also drehte ich mich vorsichtig herum und sprang über Kleiderschrank und Ofen zurück auf den Nachttisch. Nun war es mir gelungen, die beiden munter zu bekommen. Endlich standen sie auf und verschwanden nacheinander im Bad. Dorthin ging ich jeden Morgen mit und das hatte einen Grund. Karin stellte mir nämlich immer noch Milch in die Küche, die ich auch gern trank, aber als erwachsener Kater mochte ich auch ab und zu Wasser. Als Karin das noch nicht wusste, sprang ich im Bad auf das Waschbecken, um frisches Wasser zu bekommen.

Wenn sie nämlich den Wasserhahn aufgedreht hatten, um sich zu waschen oder die Zähne zu putzen, hielt ich meine Pfote unter den Wasserstrahl und schleckte sie ab. Dies tat ich so lange, bis mir Karin zu meinem Milchschälchen noch einen Wassernapf stellte.

Manchmal badeten meine Menschen auch und ich unterhielt mich dann mit ihnen. Das fand ich sehr aufregend. Doch eines Tages passierte mir ein Malheur. Anja lag in der Badewanne und nur ihr Kopf und ihre Arme waren noch zu sehen. Sonst war sie mit Schaum bedeckt, der so aussah wie die Schlagsahne, die ich so gern schleckte. Das musste ich näher untersuchen und um besser an diese Schlagsahne zu kommen, sprang ich auf den Wannenrand. Ich streckte eine Pfote aus, holte mir ein wenig von dem Schaum und kostete ihn. Igitt, igitt schmeckte der furchtbar. Ob die Schlagsahne schlecht geworden war? Ich wollte es sicherheitshalber noch ein zweites Mal versuchen. Dabei rutschte ich aber vom Rand ab und landete in der Wanne. Anja fischte mich zwar schnell heraus, aber es war zu spät, ich war bereits pitschnass.

Ich schimpfte laut, flitzte durch die Wohnung, wobei ich immer mal stehen blieb, um mich zu schütteln, bis Karin mit einem Handtuch herbeieilte, um mich abzutrocknen. In eine volle Wanne würde ich nun freiwillig nicht mehr gehen, wenn sie dagegen leer war, konnte ich dort gut spielen. Ich sprang hinein und Karin oder Stefan warfen ein Handtuch über meinen Kopf und sobald ich den Schatten ihrer Hände bemerkte, die nach mir greifen wollten, sprang ich schnell danach. Dabei verrutschte das Handtuch und sie warfen es erneut über meinen Kopf. Es war für mich eine herrliche Art von Versteckspiel.

Einmal bin ich aber absichtlich gewaschen worden, da hatte ich nämlich Flöhe. Sie bissen mich so, dass ich ständig kratzen musste und nach nicht allzu langer Zeit kratzte sich die ganze Familie. Da setzte Karin mich in die Wanne und da sie leer war, glaubte ich, sie wollte mit mir spielen. Aber statt eines Handtuches nahm sie die Brause in die Hand und spritzte mich nass. Andreas hielt mich fest und Karin drückte aus einer Tube eine Paste auf mein Fell und ich wurde eingeschäumt. Da ich durch mein nasses Fell ganz glatt war und mich mächtig wehrte, musste mich Andreas ganz doll festhalten, so lange bis Karin mir den ganzen Schaum wieder abgebraust hatte. Als ich dann wieder getrocknet war, sprühten sie mich mit einem übel riechenden Zeug ein. Obwohl mir das alles nicht gefiel, geholfen hatte es trotzdem und ich brauchte mich nicht mehr zu kratzen.

Aber zurück zu diesem Mittwoch. Mittwoch war nicht nur der Tag, an dem die Müllmänner kommen sollten, nein es war zugleich der Tag, an dem Karin und Anja das ganze Haus putzten. Dann verscheuchten sie mich oft von dem Platz, auf dem ich gerade lag, weil sie ausgerechnet dort wischen wollten. Je nach Laune half ich ihnen zuweilen beim Staub wischen, indem ich überall dort hinaufsprang, wo sie mit ihrem Lappen hinwollten und wedelte mit meinem Schwanz den Staub weg.

Manchmal war es ihnen offenbar nicht gut genug, denn sie putzten trotzdem noch einmal über dieselbe Stelle. Zum Abschluss der Putzarbeiten schleppten sie einen riesigen Apparat herbei, der einen unheimlichen Lärm machte und saugten damit auf dem Fußboden herum.

Da Anja und Karin verstanden, dass mir dieser Krach nicht gefiel, setzten sie mich, wenn das Wetter schön war, in den Garten. Dort war auch an einem Mittwoch zunächst alles unverändert. Aber plötzlich ging es los. Ich ahnte nichts Böses, als es zu klappern und zu rappeln anfing und ein großer orangefarbener Wagen auf der Straße um die Ecke bog und genau vor unserer Haustür hielt.
Mehrere Männer, die auch Anzüge in dieser grässlichen Farbe anhatten, sprangen von dem Wagen herunter, um die Mülltonnen zu entleeren.

Das war für mich der Zeitpunkt, an dem ich so schnell wie möglich ins Haus sauste. Ich war ganz aufgeregt und Frauchen erlöste mich schnell von meiner Leine und ich rannte, um vor dem Lärm ganz sicher zu sein, schnurstracks in den Keller. Sobald Karin mit dem Hausputz fertig war, bügelte sie Wäsche. Das gefiel mir besonders, wenn es sich um Bettwäsche handelte. Die reichte dann vom Bügelbrett bis auf die Erde und ich konnte mich in die Wäsche einrollen. Karin schimpfte gleich mit mir, genauso wie sie es tat, wenn ich auf das warme Bügelbrett sprang, um dort ein Nickerchen zu machen. Sofort wurde ich unsanft heruntergestupst. Erst wenn sie mit dem Bügeln fertig war, durfte ich mich dorthin legen. Um die Wartezeit zu überbrücken, rekelte ich mich auf der gebügelten Wäsche im Korb. Aber das passte ihr auch wieder nicht. Beim Bügeln konnte ich meinem Frauchen einfach nichts recht machen.

Dafür erwies ich mich nützlich, wenn sie ihren Nähkasten aufräumte. Ich setzte mich dazu auf den aufgeklappten Deckel des Kastens und half Knöpfe zu sortieren und Garnrollen zu wickeln. Dabei waren wir nicht immer einer Meinung.

Karin gefiel es besser, die Rollen aufzuwickeln. Ich fand es sinnvoller, sie abzuwickeln, denn im Winter, wenn Karin vor dem warmen Ofen saß und strickte, wurde das Wollknäuel auch nur abgewickelt. Daran konnte ich mich genau erinnern.

Var Karin mit der ganzen Hausarbeit fertig und ich hatte ihr dabei geholfen, wurde ich zum Dank von ihr gebürstet. Dazu legte ich mich zunächst auf die eine Seite, rollte mich anschließend auf die andere und zum Schluss setzte ich mich aufrecht hin und schnurrte vor Behagen.

Nachbars Garten

Allmählich fand ich, dass unser Garten für meinen Bewegungsdrang zu klein war. Ich wollte daher schon immer mal in den Nachbargarten, dorthin, wo Frau Meier wohnte. Ich hatte oft durch den Maschendrahtzaun gespäht und festgestellt, dass es da ganz anders aussah. Stefan pflegte den Garten regelmäßig. Jedes Mal, wenn er hinüberging, sah ich ihn bettelnd an und er versprach, mich beim nächsten Mal mitzunehmen, wenn ich mich gut benehmen würde. Frau Meier würde bestimmt nichts dagegen haben. Sie war immer nett zu mir.

Sobald ich am Gartenzaun saß und zu ihr hinübersah, kam sie, streichelte mich und sprach mit mir. Ich schleckte mir dann über mein Mäulchen und sie lief eilig in ihre Küche, um mir eine Leckerei zu holen, ein Stück Wurst oder Käse, was sie gerade im Vorratsschrank fand. Als Stefan wieder zu Frau Meier wollte, erinnerte ich ihn durch lautes Miauen, dass er mich mitnehmen wollte und natürlich erlaubte es Frau Meier auch. Während sie mit Stefan über die Gartenarbeit sprach, lief ich schnell in das Haus, denn Frau Meier hatte die Haustür offen gelassen. Da ich nicht an einer langen Leine am Baum befestigt wurde, sondern nur mein Geschirr mit der kurzen Leine anhatte, konnte ich mich relativ frei bewegen.

Bei meinem Rundgang stellte ich fest, dass es hier ebenfalls schöne Plätze zum Dösen gab. Aber am besten gefiel mir die Küche, aus der es verführerisch duftete.

Da mich keiner beobachtete, hätte ich Gelegenheit gehabt, etwas zu stibitzen. Andererseits wollte ich es mit Frau Meier nicht verderben, sonst gab sie mir vielleicht nie wieder einen Leckerbissen durch den Zaun oder ich würde sie nicht mehr besuchen dürfen. So ließ ich es lieber bleiben.

Nachdem ich mir im Haus alles angesehen hatte, ging ich in den Garten, wo ich einen komischen Geruch bemerkte. Der kam von dem Komposthaufen, auf den Frau Meier ihre Küchenabfälle trug. Ich beschnüffelte den ganzen Abfallhaufen, möglicherweise würde sich hier auch etwas Essbares finden lassen. Aber jetzt nahm ich mir nicht die Zeit dafür, ihn näher zu untersuchen, es gab noch zu viel Neues zu entdecken.

Frau Meier hatte auch einen Steingarten, genau wie wir, aber ihrer war viel interessanter. Zwischen den Stauden befanden sich viele Löcher. Ich wusste, dass aus solchen Löchern Mäuse herausguckten, wenn man genügend Geduld aufbrachte, auf sie zu warten. Ich blieb daher oft lange vor so einem Mauseloch sitzen und mit etwas

Glück spähte plötzlich ein Mäuseköpfchen aus dem Loch heraus.

Ich machte mich dann ganz klein und bewegte mich nicht, nur mein Gesicht wurde spitz vor Aufregung und meine Barthaare zitterten. Wenn diese Maus sich anschickte, ihr Versteck zu verlassen, duckte ich mich, wackelte mit meinem Po und im richtigen Augenblick stürzte ich mich auf sie. Sie zappelte dann und wollte mir wieder entwischen, aber ich hielt sie mit der Pfote fest. Erst nach einer Weile ließ ich sie los und wenn sie sich ein Stück von mir entfernt hatte, fing ich sie erneut. Das machte mir Spaß, aber irgendwann wurde diese Maus müde und versuchte nicht mehr, mir zu entkommen. Dann verlor ich die Lust daran, mit ihr zu spielen und biss sie tot. Ich stand jetzt vor der Wahl, die Maus zu fressen oder sie mit nach Hause zu nehmen, um sie Karin zu schenken.

Ich entschied das von Fall zu Fall, je nachdem, wie mein eigener Appetit war. Ich hatte stets den Eindruck, dass mein Mäusefang Karin nicht gefiel, sie schimpfte, wenn ich sie fraß und sie schimpfte noch mehr, wenn ich sie ihr vor die Tür legte. Ich verstand meine Katzenwelt nicht mehr.

Weshalb freute sie sich denn nicht über die Maus? Karin benahm sich aber auch albern. Sie machte einen großen Bogen um das kleine Tier, bis einer aus der Familie erschien, um die Maus fortzuschaffen. Sie fand Mäuse grauslich. Diese schönen Mäuse landeten dann immer in der Mülltonne. Ich fand das ungerecht, wo ich mir doch die Mühe gemacht hatte, sie mitzubringen. Ich würde mir fortan genauer überlegen, ob ich sie unter diesen Umständen nicht lieber alle fressen sollte.

Sobald Frau Meier mit Stefan die Gartenarbeit besprochen hatte, rief sie mich in die Küche. Sie nahm eine Untertasse aus ihrem Küchenschrank, stellte sie auf den Tisch, öffnete die Kühlschranktür und holte eine Dose Büchsenmilch heraus. Während sie die Milch auf die Untertasse goss, streckte ich mich erwartungsvoll am Tisch in die Höhe. Ich machte mich so lang, dass ich mit der Pfote fast auf den Tisch reichen konnte. Hinaufzuspringen traute ich mich bei Frau Meier nicht. Ich ließ lieber ein klägliches »Miau« ertönen, so als wäre ich am Verdursten, damit sie sich beeilte. Aber Frau Meier lief erst zum Wasserhahn und ließ etwas warmes Wasser in das Milchtellerchen laufen, verrührte Milch und Wasser mit ihrem Finger und stellte dann erst den Teller auf den Fußboden. Ich sagte brav »Danke«, indem ich Frau Meier um die Beine strich, bevor ich die Milch eifrig aufschleckte.

Die Geburtstagstorte

Frau Meier schenkte Stefan jedes Jahr zum Geburtstag eine schöne Torte als Anerkennung für die Gartenpflege, selbst gebacken, lecker. Einmal war jedoch ihre Küchenmaschine kaputt. Sie erschien deshalb mit einem großen Karton, in dem sich eine Torte vom Konditor befand. Karin stellte den Karton zunächst auf den Esszimmertisch und wir begaben uns zusammen mit Frau Meier in das Wohnzimmer. Ich freute mich, dass Frau Meier uns besuchte und legte mich neben sie, damit sie mir ein paar Streicheleinheiten gab, anstandshalber, denn mit meinen Gedanken war ich eigentlich ganz woanders. So wartete ich auch nicht lange, dann machte ich mich leise und unbemerkt auf den Weg in das Esszimmer zu dem Karton. Ich wollte mir die Torte einmal ansehen.

Wenn sie mir gefallen würde, könnte ich ein wenig davon probieren, um zu vergleichen, ob sie genauso gut schmeckte, wie die selbst gebackene Torte vom vorigen Jahr. Ich lief um den Karton herum, versuchte mit der Pfote den Deckel hochzuheben, aber es gelang mir nicht. So ein Ärger, was sollte ich denn nun machen? Ich beschloss nach kurzem Überlegen, dass es am besten wäre, mich einfach auf den Karton zu legen, damit er nicht plötzlich wieder verschwand, bevor ich eine Kostprobe erhalten hatte.

Da kam Karin unerwartet herein und ich legte die Ohren an, startbereit, um unter dem Tisch zu verschwinden, denn sicher würde es ihr nicht gefallen, dass ich auf dem Karton lag und sie würde ihre Stimme erheben und mit mir schimpfen. Aber Karin sagte kein Wort, sondern ging wieder zu den anderen ins Wohnzimmer. Frau Meier wollte gerade nach Hause gehen und Anja sagte zu Karin: »Gib Frau Meier doch ein Probestück von ihrer Torte mit.« »Nein,« entgegnete Karin, »angeschnitten sieht die Torte nicht mehr so schön aus, wenn nachher die Gäste zum Kaffee kommen.« »Du hast Frau Meier doch immer gleich ein Stück mitgegeben.« Böse sah Karin Anja an und machte irgendwelche Zeichen hinter Frau Meiers Rücken.

Karin blieb jedoch bei ihrer Meinung und wollte das Tortenstück später über den Zaun reichen. Frau Meier musste sich damit zufriedengeben. Ich verließ rasch den Karton, um mich von ihr zu verabschieden und nachdem die Tür hinter ihr ins Schloss gefallen war, ging Karin mit Anja in das Esszimmer und sagte: »So, nun sieh dir an, weshalb ich Frau Meier kein Tortenstück mitgegeben habe. Mausi hat auf dem Karton gelegen und die halbe Schachtel eingedrückt, da hätte sich Frau Meier doch sicher geärgert, wenn sie die ramponierte Torte gesehen hätte.«

Das glaubte ich natürlich nicht, denn ich hatte Frau Meier noch nie einen Anlass gegeben, sich über mich zu ärgern. War ja auch egal, warum hatte mein Frauchen nicht gleich den Deckel abgenommen, damit ich die Torte in Ruhe hätte betrachten können, dann wäre das alles nicht passiert. Wie gut, dass ich mich inzwischen längst aus dem Staub gemacht hatte.

Ein Ausflug in die Nachbarschaft

Einen anderen zweibeinigen Freund besaß ich einige Häuser weiter in einer Nebenstraße. Ich hatte Stefan und Karin vorgeführt, dass ich wie ein Hund an der Leine laufen konnte und fand, dass sie mich ruhig zu ihren Spaziergängen in die Nachbarschaft einladen dürften.

Sie besuchten dort öfter ein älteres Ehepaar namens Friese und ich war der Ansicht, es könnte nichts schaden, wenn ich außer Frau Meier noch weitere menschliche Freunde besaß. Für alle Fälle, ich wusste ja nicht, ob ich sie nicht eines Tages brauchen würde. So begleitete ich Karin und Stefan zu diesem Ehepaar Friese. Den Hinweg lief ich ohne einmal anzuhalten bis vor die Gartentür von Frieses Grundstück. Karin und Stefan klingelten und Herr Friese öffnete uns. Ich durchstreifte den Garten, wie ich es überall machte, wo ich mich noch nicht auskannte. Im Garten von Frieses hielt ich mich aber nicht sehr lange auf, denn ich musste mich beeilen, um vor dem Hausherrn in das Wohnzimmer zu gelangen. Herr Friese besaß so einen schönen Lehnstuhl, von dem Stefan schon häufig geschwärmt hatte.

Es war sein Lieblingsstuhl, was ich verstehen konnte und ich wollte ihn auch einmal ausprobieren. Er gefiel mir sofort. Ich legte mich schnell hinein, bevor ein anderer darauf Platz nehmen konnte. Herr Friese freute sich, dass mir sein Lehnstuhl gefiel. Er streichelte mich und ließ mich auf seinem Lieblingsstuhl liegen. Dieser Platz war so gemütlich, dass ich gar nicht mehr mit nach Hause wollte. Stefan musste mich regelrecht an meiner Leine vom Stuhl ziehen, damit ich aufstand.

Auf dem Rückweg ließ ich mir Zeit, da wurde getrödelt. Ich musste einen Blick in jeden Garten werfen, mir zwischendurch die Menschen ansehen, die uns begegneten und die Autos betrachten, die am Straßenrand standen.

Einmal sah ich auf einem Heimweg auf der anderen Straßenseite eine Katze. Sie saß auf einem Pfeiler und blickte zu mir herüber. Ich wollte zu ihr, aber Stefan ließ mich nicht, er wollte nach Hause, weil er Hunger hatte. Ich nahm ihm aber gleich das Versprechen ab, dass wir sie ein anderes Mal besuchen würden.

Drei Häuser von uns entfernt wohnte eine Katze, die Mulli gerufen wurde. Sie war ein bisschen dumm und kam nie an den Zaun, wenn ich vorbeilief. Mulli sah längst nicht so schön aus wie ich. Sie war keine Hauskatze, sondern eine Siamkatze. Obwohl sie mir nicht gefiel, teilte ich ihr mit, wo ich wohne und so geschah es, dass sie eines Tages bei Frau Meier im Garten saß und zu mir herüberschaute. Ich betrachtete sie noch einmal. Nein, sie sah nicht schön aus. Vielleicht kam sie, um sich mit mir anzufreunden? Aber ich suchte mir meine Freunde immer noch selber aus und beschloss, ihr das am besten gleich zu sagen. Ich lief also zum Zaun und langte mit der Pfote nach ihr. Sie lief beleidigt weg, kam aber nach kurzer Zeit zurück und ließ sich erneut von mir eine runterhauen.

Sie wollte offenbar nicht begreifen, dass ich sie nicht mochte und kam fast täglich an den Zaun. Manchmal strafte ich sie mit Nichtachtung, ein anderes Mal hieb ich wieder mit der Pfote auf sie ein.

Wenn sie zu lange von zu Hause wegblieb, rief ihr Frauchen mit einer schrillen Stimme Mulliiiiii mit ganz vielen i´s und bei jedem i wurde die Stimme noch lauter und schriller, so schrill, wie kleine Kinder immer schreien. Ich hätte auf diese schrille Stimme nicht gehört, aber die dumme Mulli traute sich nicht, länger wegzubleiben und lief schnurstracks nach Hause. Wie konnte man sich nur so unterordnen? Na ja, vielleicht waren ja Siamkatzen so.

Einmal kroch Mulli in unsere Garage und keiner merkte es. Abends machte Andreas wie gewohnt die Garagentür zu und Mulli war eingesperrt. Wie üblich dauerte es nicht lange und schon ertönte dieses lang gezogene schrille »Mulliiii«. Pech gehabt, diesmal konnte Mulli nicht folgsam sein und nach Hause laufen. Aber als der Ruf immer näher kam, antwortete sie mit kläglichem Miau, als wäre ihr etwas Schlimmes widerfahren und ihr Frauchen und Herrchen, die beide nach ihr suchten, wussten nun, dass sie in der Garage eingesperrt war. Sie klingelten bei Stefan und Karin, aber die waren im Theater.

Anja und Andreas wollten gerade ins Bett gehen, als es auch bei ihnen läutete. Andreas hatte keine Lust, um diese späte Uhrzeit und obendrein noch im Schlafanzug zu öffnen. Er wusste ja da auch nicht, dass Mulli eingesperrt war. Aber als Mullis Leute dachten, es sei bei uns auch niemand zu Hause, brachen sie einfach das Gartentor auf, um nachzusehen, ob sie in die Garage gelangen konnten. Aber die war nun einmal abgeschlossen und so klingelten sie immer wieder, bis Andreas ihnen schließlich doch öffnete und Mulli befreit werden konnte. Ich fand das ganz schön frech von diesen Leuten.

Soviel Aufregung zu so später Stunde und das alles nur wegen dieser Mulli, die so dumm war, sich in die Garage einsperren zu lassen.

Ein Unglück kommt selten allein

Wie ich bereits erwähnte, hatte ich bei meinen Spaziergängen in der Nachbarschaft die Bekanntschaft dieser Katze gemacht, die mich immer von ihrem Pfeiler aus beobachtete. Wie sie hieß, erzählte sie mir nicht. Aber sie war auch eine Hauskatze, so wie ich, nur ganz schwarz. Ab und zu ging Stefan, wie er es versprochen hatte, mit mir zu dieser Katze und wir sahen uns dann immer lange an. Ich behielt sie stets im Auge, weil ich sie nicht richtig einschätzen konnte, so wie sie mich von oben herab betrachtete. Wir fauchten und mauzten, aber wenn ich ihr zu nahe kam, holte sie mit der Pfote aus, da musste ich aufpassen.

Ich gab ihr zu verstehen, dass ich mich doch nur mit ihr unterhalten wollte, aber irgendetwas musste sie missverstanden haben, denn sie forderte mich auf, einen gewissen Abstand zu ihr zu halten, sonst würde sie böse werden.

Eines Tages war ich wieder mit Stefan unterwegs und saß bei dieser Katze und wir hatten uns schon endlos lange angestarrt und angejault. Ich hatte mir jedoch vorgenommen, noch einmal mit ihr zu reden, denn ich musste klären, weshalb ich hier immer den Kürzeren zog. Da sagte Stefan auf einmal: »Komm, Mausi, wir wollen wieder nach Hause gehen.«

Was heißt wir wollen, er wollte. Ich konnte ja nichts dafür, dass es ihm langweilig wurde, weil er unsere Katzensprache nicht verstand. Diesmal würde ich mich aber durchsetzen, bei Stefan und bei dieser Katze und nicht gleich wieder umkehren. Stefan zottelte ununterbrochen an meiner Leine, um mich fortzuziehen. Ich wollte aber nicht gehen. Dass Menschen manchmal so wenig begriffen!

Nach mehreren vergeblichen Versuchen, mich wegzuziehen, packte mich Stefan plötzlich und wollte mich von dieser Katze wegtragen. Das war ein großer Fehler von ihm. Nun musste ich böse werden und mich wehren.

Es nützte mir letztendlich nichts, weil er stärker war als ich und mich nach Hause trug, aber bis wir dort ankamen, hatte ich ihm vor Ärger die Arme blutig gekratzt. Als Karin Stefan sah, rief sie aufgeregt: »Anja, Andreas, kommt mal schnell, Stefan blutet, ihr müsst ihn ins Krankenhaus fahren.«

Stefan wollte nicht, was ich gut verstehen konnte, aber Karin meinte, meine Pfoten, die ich immer so schön sauber putzte, wären schmutzig und er könnte vielleicht eine Blutvergiftung bekommen. Sie fuhren also los und Stefan musste sich nun auch piken lassen. Als sie nach einer Stunde nach Hause kamen, hatte er einen dicken Verband um den Arm.

Einige Tage später baute ich Mist, das heißt eigentlich konnte ich gar nichts dafür. Ich lag im Garten an der Leine in den Erdbeerpflanzen und sonnte mich. Es war der vierzehnte Mai, der Geburtstag von Andreas und meiner auch. Da ich mir nicht gemerkt hatte, an welchem Tag genau ich geboren wurde, feierten Andreas und ich immer gemeinsam. Ich saß schon einige Zeit allein hier und dachte, an meinem Geburtstag hätte ich eigentlich Anspruch auf Gesellschaft, zumindest könnte ich bei den Geburtstagsvorbereitungen helfen. Dazu hätte ich Lust gehabt.

Plötzlich tauchte Karin auf, um Petersilie zu pflücken. Ich wollte zu ihr hin, um ihr Bescheid zu geben, dass ich mit ins Haus wollte. Da machte sie einen Schritt rückwärts, stolperte über meine Leine und fiel hin. Als sie sich aufgerichtet hatte, stand ihre Hand ganz schief und tat ihr weh. Sie rief nach Anja. Die warf einen Blick auf die Hand und vermutete, dass sie gebrochen sein könnte.

Für mich hatte jetzt niemand mehr Zeit, ich musste bleiben, wo ich war. Andreas kam angelaufen und fuhr mit Karin ins Krankenhaus. Anja hatte recht, Karins Hand war gebrochen.

Als Karin wieder zu Hause erschien, hatte der Arzt ihre rechte Hand eingegipst und sie konnte sie wochenlang nicht gebrauchen. Das war unpraktisch, weil nun alles so lange dauerte.

Stefan war auch nicht begeistert, weil er so viel helfen musste, sogar anziehen konnte sich Karin nicht allein. Es war eben schade, dass Menschen kein Fell besaßen, sonst hätten sie sich diese Anzieherei ersparen können.

Der Geburtstag von Andreas und mir wurde aber trotz Knochenbruch sehr schön und wir hatten viel Spaß mit den Gästen.

Urlaubszeit

Stefan und Karin fuhren in Urlaub. Die Urlaubszeiten waren für mich nie besonders schön. Meine Menschen konnten sich zwar erholen, was sicher auch nötig war. Für mich bedeutete es aber, dass mir die Streicheleinheiten von jeweils zwei Personen fehlten. Wenn Stefan und Karin verreisten, war es immer schlimmer, als wenn Andreas und Anja Ferien machten. Ich musste ja weiterhin unten schlafen und war nun die ganze Nacht allein. Dann konnten die Nächte manchmal lang sein.

Es war sinnlos, sich ins Bett zu legen, denn da war ja keiner, der mit mir kuschelte. Früh konnte ich niemanden wecken, erhielt nur einmal Frühstück und am Tage hatte ich weniger Abwechslung.

Nachts schlief ich unruhig mal hier mal da, durchstreifte ab und zu die Räume und achtete auf alle Geräusche.

Ich beobachtete, wie die Scheinwerfer vorbeifahrender Autos helle Strahlen an die Zimmerdecke warfen und hoffte, dass die Vögel bald ihr Morgenlied anstimmten. Das zeigte mir an, dass die Nacht ihrem Ende zuging. Wenn es schließlich hell wurde, hörte ich, dass Andreas und Anja aufstanden. Ich lief sofort in den Korridor, sprang auf ein kleines Schränkchen und wartete geduldig, bis jemand von den beiden erschien, um mir mein Futter zu geben und mich auf den Arm zu nehmen. Sobald die Treppenstufen knarrten, sprang ich vom Schränkchen hinunter, lief zur Korridortür, kratzte daran und mauzte und konnte es kaum erwarten, bis sie sich öffnete. Ich war ganz aufgeregt, da ich mich an jedem Morgen neu zu entscheiden hatte, ob ich sofort mein Futter haben oder zuerst auf den Arm genommen werden wollte, obwohl ich an und für sich keine Schoßkatze war. Anja wollte das zwar gern, aber mir war es in der Regel zu langweilig still auf dem Schoß zu sitzen. Erst als ich älter wurde und nicht mehr so herumtollen konnte, lag ich öfter auf dem Schoß.

Meine Familie sagte, mit zunehmendem Alter wäre ich verschmust geworden. Nur bei Andreas blieb ich auch in jüngeren Jahren auf dem Arm sitzen, vor ihm hatte ich immer Respekt.

Doch wie gesagt, wenn Urlaubszeit war, mit den ohnehin reduzierten Streicheleinheiten, entschied ich mich meist dafür, vor dem Frühstück eine Weile herumgetragen zu werden und zu schmusen. Nicht sehr lange natürlich, denn mir knurrte ja der Magen.

Aus mir unerfindlichen Gründen hatte Karin immer wieder Katzenfutter mit Rindfleisch gekauft, das mir überhaupt nicht schmeckte. An dem Geruch konnte ich bereits feststellen, dass es nicht mein Fall war und ließ es beleidigt auf dem

Teller liegen. Ich meinte ein Recht auf vernünftiges Futter zu haben und bettelte so lange, bis mir Karin etwas hinstellte, dass ich gerne fraß. Warum also nicht gleich so. Sie ließ künftig die Dosen mit dem Rindfleisch, die noch verschlossen im Keller standen, an Ort und Stelle und überlegte, ob man sie vielleicht an Mulli verschenken sollte. So dumm, wie die war, würde sie sicher auch Rindfleisch aus der Büchse fressen. Aber da mischte sich Andreas ein und sagte: »Fahrt ihr mal in Urlaub, dann werden die Dosen schon alle.« Und das war ja die Gemeinheit: Als Karin und Stefan verreist waren, brachte es Andreas tatsächlich fertig, mir jeden Tag dieses Rindfleisch vorzusetzen.

Er ließ sich nicht erweichen, mir besseres Futter hinzustellen, selbst dann nicht, wenn ich die Nahrungsaufnahme verweigerte. Er meinte, ich würde schon fressen, wenn der Hunger groß genug ist. Mit uns Katzen konnten es die Menschen ja so machen, aber selber aßen sie nur das, was ihnen schmeckte. Ich hungerte fast einen ganzen Tag, aber Andreas blieb hart und auch Anja, die mir ab und zu Leckerbissen hinstellte, holte keine andere Dose hervor. Was blieb mir letztlich übrig? Um nicht zu verhungern fraß ich widerwillig dieses Futter und als Karin und Stefan nach drei Wochen nach Hause kamen, waren alle Dosen mir Rindfleisch verbraucht.

Bei dieser einseitigen Ernährung hatte ich mir selbstverständlich überlegt, wie ich zusätzlich zu wohlschmeckenden Happen kommen konnte. Die Gelegenheit bot sich, als ich eines Tages im Garten war. Ich legte mich auf die Lauer, ich hatte ja viel Zeit. Irgendwann würde ich bestimmt eine Maus erwischen. Aber nein, da setzte sich doch statt dessen eine schöne schwarze Amsel vor mich hin, um nach einem Regenwurm zu sehen. Eine Amsel wollte ich schon längst einmal fangen. Sie hatte mich nicht bemerkt und so sprang ich in einem günstigen Augenblick auf sie und packte sie ganz fest zwischen meine Pfoten. Damit sie mir nicht wieder davonfliegen konnte, hielt ich es für sinnvoll, sie sofort ins Haus zu tragen.

Da die Haustür offen stand und Anja und Andreas in ihrer Wohnung im ersten Stock waren, konnte ich mich ungestört diesem Vogel widmen. Ich brachte ihn in den Korridor und wollte mit ihm spielen, so wie ich es mit Mäusen tat, bevor ich sie auffraß. Diese Amsel war allerdings etwas schwieriger zu handhaben. Sie versuchte ständig wegzufliegen. Nach einer Weile wurde sie jedoch müde und ich dachte mir, ich könnte jetzt damit beginnen, ihr die Federn auszurupfen, denn die erschienen mir ungenießbar.

Ich behielt den Vogel zwischen den Pfoten und begann, ihn zu bearbeiten. Ich musste wohl zu viel Krach gemacht haben, als der Vogel sich plötzlich wehrte. Ich hörte, wie Anja die Treppe heruntergesaust kam. Als sie mich mit der Amsel sah, fing sie auch noch an zu schreien, so wie sie es sonst nur machte, wenn sie Spinnen sah. Das hatte zur Folge, dass Andreas angerannt kam, weil er dachte, Anja wäre etwas zugestoßen. Das war großes Pech für mich, denn ich war inzwischen so weit mit dem Rupfen gekommen, dass der ganze Korridor mit Federn geschmückt und ich fast an das eigentliche Tier herangekommen war. Natürlich gönnte mir Andreas auch diesen Vogel nicht. Er schimpfte mit mir und nahm ihn mir einfach weg. Auch Anja schimpfte, was sie sehr selten tat. Sie machte mir energisch klar, dass die Vögel ein Recht hatten, am Leben zu bleiben. Ganz in Ordnung fand ich das aber nicht, denn die Menschen aßen ja auch Tiere, wenn vielleicht auch nicht gerade eine Amsel, denn die hatte ich bei meiner Familie noch nie auf dem Teller gesehen.

Diese Amseln gab es auch noch eine Nummer größer, dann hießen sie Krähen. Solch eine Krähe zu fangen war mir nie gelungen. Aber ich beobachtete sie oft, wenn ich am Fenster saß. Sie sangen nicht so schön, wie die Amseln, sondern krächzten laut, was mich aufregte. Ich meckerte genauso laut zurück, damit die Krähen wussten, dass ich mich über sie ärgerte. Herrchen und Frauchen lachten über mich. Es gefiel ihnen, wie gut ich die Krähensprache nachmachen konnte.

Da mir die Amsel als Mahlzeit entgangen war, ich aber nun schon seit zwei Wochen Rindfleisch aus Dosen bekam, wollte ich mich erneut um zusätzliche Nahrung kümmern. Zum Glück war das Wetter schön, so dass ich in den Garten konnte, denn an den Spinnen und Kellerasseln im Keller war ja nicht viel dran. Da Amseln und andere Vögel sehr schwer zu fangen waren, versuchte ich es nun wieder mit einer Maus. Anja fand Mäuse ja immer so niedlich und hätte am liebsten selbst mit ihnen gespielt. Daher begriff ich nicht, weshalb es etwa anderes sein sollte, wenn ich mit einer Maus spielen wollte. Es war mir ehrlich gesagt auch egal und ich legte mich auf die Lauer. Dabei war ich so konzentriert und angespannt, dass mich nichts auf der Welt hätte stören können.

Ich hatte mir überlegt, das Angenehme mit dem Nützlichen zu verbinden. Ich würde Anja eine Freude machen und für sie die Maus fangen. Dann konnten wir beide mit ihr spielen. Erst danach würde ich sie dann fressen.

Ich musste sehr lange so unbeweglich sitzen, nur meine Ohren zuckten ab und zu. Als ich schon annahm, alle Mühe sei umsonst gewesen, spürte ich, wie sich etwas bewegte und schon schnupperte das Mausenäschen aus dem Loch. Zu früh durfte ich sie nicht anspringen, sonst verschwand sie wieder, bevor ich sie im Griff hatte. Als die Maus aber nach einer Weile ganz aus ihrem Loch kroch und auch noch frech, als wäre ich gar nicht vorhanden, an mir vorbeihuschen wollte, machte ich mit ihr kurzen Prozess. Ich nahm sie vorsichtig zwischen die Zähne und trug sie auf kürzestem Wege ins Zimmer. Dort ließ ich die Maus wieder laufen. Sie verkroch sich sogleich hinter der Gardine. Wahrscheinlich wusste sie, dass wir Verstecken spielen wollten und ich musste sie nun wieder vorholen. Da dies nicht so geräuschlos vonstatten ging, kam Anja aus der Küche, um nachzusehen. Ich freute mich, da ich ja annahm, wir würden nun zu dritt spielen.

Aber weit gefehlt. Ich wurde nicht einmal gelobt, im Gegenteil, Anja schrie mich an und begann, aus diesem Spiel ein Drama zu machen: »Mausi, lass sofort die Maus los, was fällt dir ein«, waren noch die harmlosesten Worte, mit denen sie mich bedachte. Was war denn nur so schlimm an der Sache? Oder war Anja eifersüchtig, weil ich Mäuse fangen konnte und sie nicht? Nun gut, dann ließ ich die Maus eben los, damit Anja sie auch mal für sich hatte. Das war unklug. Anstatt nach der Maus zu greifen, packte Anja mich, setzte mich unsanft in den Garten und schloss schnell die Tür von innen. Das war nun der Dank. Ich sah von draußen, wie Anja versuchte, die Maus allein zu fangen und war mehr als schadenfroh, als ihr das nicht gelang. So viel Intelligenz besaßen eben nur wir Katzen. Wir wussten, wie wir uns zu verhalten hatten. Aber diese Menschen machten sich nicht mal die Mühe, hinter die Gardine oder unter den Schrank zu kriechen. Sie ließen sich gewissermaßen von der Maus auf der Nase herumtanzen.

Irgendwann gab Anja ihre Bemühungen mit der Maus auf und wartete bis Andreas von der Arbeit nach Hause kam. Sie begrüßte ihn gleich mit den Worten: »Du musst eine Maus fangen« und erzählte ihm die ganze Geschichte. Das Unternehmen war insofern schwierig, weil alle Zimmer- und Kellertüren offen standen und die Maus inzwischen überall sein konnte.

Anja und Andreas gingen von Zimmer zu Zimmer und blieben in jedem Raum lautlos stehen, damit sie die Maus hören konnten, falls sie piepsen würde. Sie tat ihnen den Gefallen nicht. Die beiden werden es nie schaffen, dachte ich und ging im Garten meiner Wege.

Da bemerkte ich, dass Andreas zu einer Nachbarin ging. Kurz darauf erschien er mit einem komischen Gerät und stellte es auf den Tisch. Es war eine Falle, mit der die Maus gefangen werden sollte. Anja und Andreas hatten ein schlechtes Gewissen, denn am nächsten Tag würden Stefan und Karin aus dem Urlaub kommen. Wenn dann die Maus noch frei herumlief, würde sich Karin bestimmt nicht in die Wohnung trauen und mit Anja schimpfen. Anja aber war ganz verzagt, weil die Maus nun in die Falle sollte. Andreas fummelte an der Mausefalle herum. Ihm war die Handhabung nicht klar. Ich warf ab und zu einen amüsierten Blick in das Zimmer, in dem die beiden nun ratlos standen. Da sagte Andreas auf einmal: »Wir machen etwas ganz anderes. Wir holen einfach die Mausi wieder herein, sie wird uns bestimmt die Maus einfangen.« Also öffneten sie mir die Tür, ließen mich hinein und sofort ertönten ihre Stimmen: »Mausi, such die Maus, Mausi, fang die Maus,« riefen sie durcheinander.

Ich hatte bereits nach kurzer Zeit mit meinen feinen Ohren, die um ein Vielfaches mehr hören als ein Menschenohr, mitbekommen, wo sich die Maus aufhielt, tat aber so, als würde mich die ganze Sache nicht interessieren. Ich sprang auf meinen Stuhl, legte mich hin und wartete ab. »Mausi ist viel zu dumm, die weiß doch gar nicht mehr, dass die Maus hier ist,« stellte Andreas fest. Das war ja eine Unverschämtheit, so etwas über mich zu sagen. Ich hätte ihm sogleich das Gegenteil beweisen können, aber das sah ich irgendwie nicht ein. Die Menschen wussten einfach nicht, was sie wollten. Erst sollte ich mit der Maus nicht spielen, jetzt hätte es ihnen aber wieder gepasst. Es gab so viele Mäuse im Garten, ich würde mir gelegentlich eine andere suchen und sie gleich im Garten fressen. Sollten sie mit dieser Maus doch machen, was sie wollten.

Andreas hatte von der ganzen Aufregung Durst bekommen und ging in den Keller, um sich etwas zu trinken zu holen. Anja wartete derweil im Korridor, von wo aus sie mehrere Zimmer überblicken konnte. Gerade, als Andreas im Keller ankam, flitzte die Maus in die Küche. »Die Maus ist da,« rief Anja in den Keller hinunter und sogleich erschien Andreas, eilte die Treppe herauf, machte schnell sämtliche Zimmertüren zu und beide verschwanden in der Küche. Was dachten sich Anja und Andreas wohl dabei? Wenn sie zu dumm waren, die Maus im Zimmer zu fangen, würde es ihnen in der Küche auch nicht gelingen.

Sie hörten zwar, weil die Maus sich bewegte, dass sie hinter dem Küchenschrank saß, aber sie kamen ja nicht dahinter. Das hatte sich die Maus gut überlegt, denn dort war sie vor ihnen sicher.

Kurz darauf erschienen Anja und Andreas bei mir im Zimmer, nachdem sie eilig die Küchentür hinter sich geschlossen hatten, damit ihnen die Maus nicht wieder entwischen konnte. Wieder überlegten sie, was sie tun konnten, um die Maus hervorzulocken. Andreas machte erneut den Vorschlag mit der Mausefalle. Nun, damit konnten sie doch schon vorhin nicht richtig umgehen. Der Blick von Andreas blieb an mir hängen. Ich, ihr Mäuschen, sollte nun wohl doch die Rettung sein. zu langweilig werden und wenn sie hervorkam, würde ich sie schon fangen.

In Anjas Sinn war das alles nicht, weil sie wohl begriff, dass ich die Maus letztlich fressen würde. Dann wäre doch ihre ganze Mühe, die Maus zu retten, umsonst gewesen. Doch Andreas blieb hart. Was sollten sie auch anderes machen? Die Maus musste schließlich bis zum nächsten Tag aus dem Haus verschwunden sein. Ich ließ mich also auf dem Küchenstuhl nieder und wartete.

Schon kurze Zeit später kroch sie unter dem Schrank hervor, wohl in der Annahme, dass ich wieder mit ihr spielen wollte.

Dazu hatte ich aber nach dem ganzen Theater keine Lust mehr, ich würde sie einfach fangen und sofort auffressen, ehe sich dieser ganze Zirkus mit der Maus und meinen Menschen womöglich noch wiederholte. Anja und Andreas, die beide gespannt vor der Tür gelauscht hatten, hörten, dass ich vom Stuhl sprang und die Maus quiekte. »Sie hat die Maus schon,« rief Anja erfreut und Andreas öffnete die Tür, ergriff mich zusammen mit der Maus und setzte mich in den Garten. Froh, die Maus wieder aus dem Haus zu haben, war ihnen auf einmal egal, was mit ihr passierte. Das Problem war für sie gelöst. Sie nahmen die Mausefalle, die sie durch meine Hilfe nicht gebraucht hatten und brachten sie wieder zur Nachbarin zurück.

Die Geschichte, durch die ich weltberühmt wurde

Es war wieder einmal Sonntag und meine Familie trödelte trotz des schönen Wetters im Haus herum. Mich hatten sie schon in den Garten gelassen. Ich verspürte aber keine Lust, die gewohnten Baumstämme hinaufzuklettern und die Stauden zu beschnuppern, deren Duft ich längst kannte.

Doch niemand kam, um mich zu unterhalten. Zu allem Übel hatte sich meine Leine durch das Herumlaufen wieder um den Kirschbaum gewickelt und verkürzt. Ich kam nicht mehr vor und zurück. Wie so oft musste ich versuchen, mich selbst zu befreien, was mir in den seltensten Fällen gelang. Ich wurstelte herum, drehte und wendete mich, bis ich plötzlich merkte, dass ich nicht mehr angebunden war. Ich fühlte mich wie im siebenten Himmel. Ich meinte, den Geruch des Grases intensiver zu riechen, fand, dass die Pflanzen farbenprächtiger blühten und die Schmetterlinge fröhlicher durch den Garten tanzten.

Es ging mir zwar im Allgemeinen besser als diesen Stubenkatzen, die noch nie in einem Garten waren, aber die Gartenkatzen, die ständig ohne Katzengeschirr und Leine laufen durften, konnten diese Freiheit ständig genießen. Sie liefen immer wohin sie mochten. Schade, dass meine Familie so große Angst hatte, dass ich unter ein Auto laufen könnte. Wahrscheinlich wurden aber auch nur so hübsche und intelligente Katzen angeleint, wie ich eine bin. Nun, die Leine war ich jetzt jedenfalls los, nur mein Geschirr hatte ich noch um. Das behinderte mich jedoch wenig. Ich konnte also auf Entdeckungsreise gehen, würde aber meiner Familie vorher nicht Bescheid sagen, sonst hätten sie es womöglich noch verboten.

Ich beschloss, zu den anderen Katzen zu laufen, die ich kannte und die mich sonst besuchten. Ich wollte mir Mullis Zuhause ansehen, aber Mulli war nicht da. Also lief ich weiter, zu dem Pfeiler, wo dieser dicke schwarze Kater sonst saß. Aber auch von ihm keine Spur.

Ich wartete eine Weile, ob er noch kommen würde, aber ich wartete umsonst.

Schon wieder umkehren, wo ich endlich einmal frei war, das kam natürlich nicht infrage. Wer weiß, wann sich solch eine Gelegenheit wieder bot. Ich lief also weiter meines Weges. Da gab es einen Garten nach dem anderen und alle hatten geheimnisvolle Ecken. Ich sah in jedem Garten nach, ob ich einen Artgenossen treffen würde. Ich entdeckte keinen, wurde aber stattdessen am nächsten Haus, an dem ich vorbeikam, unfreundlich empfangen. Dort saß ein riesiger brauner Hund, der vor sich hin sabberte, zwischendurch seine Zähne aufblitzen ließ und wie eine Furie gegen den Zaun sprang, als ich mich näherte. Er bellte mich lauthals an, um mir zu verstehen zu geben, dass ich bloß nicht in seinen Garten kommen sollte.

Wollte ich doch überhaupt nicht. Weshalb musste er gleich so garstig zu mir sein? Er roch auch nicht gut, eben nach Hund und mit Tieren, die so ein Benehmen haben, würde ich mich nie einlassen. Plötzlich rannte er weg und kehrte gleich darauf mit seinem Frauchen zurück. So wie der Hund, so war auch das Frauchen.

Anstatt ihm zu sagen, dass man Katzen nicht so unfreundlich anbellt, schimpfte sie mich oller Kater.

Ich fauchte sie kurz an und rannte davon, wer weiß, was sie sich sonst überlegt hätte, um mich zu vertreiben. Vielleicht hätte sie dieses Sabbertier auf mich gehetzt.

Ich lief ein Stück weiter und kam an einen Treppenweg, der mit vielen Sträuchern bepflanzt war. Hier begann ich ausführlich zu schnüffeln, denn viele Gerüche waren mir fremd aber ich spürte, dass hier auch schon andere Katzen gewesen waren, was sie mir durch ihre Markierung verraten hatten.

Dort, wo der Weg schließlich endete, sprang ich über den Zaun in einen Garten, in dem ich kleine Katzen entdeckt hatte. Die musste ich mir unbedingt aus der Nähe ansehen. Außerdem hatte ich Durst bekommen und diese kleinen Katzen würden sicher auch einen Trinknapf haben, wo ich ein wenig Wasser oder Milch schlecken könnte. Die Katzen freuten sich und begrüßten mich, indem sie gleich angelaufen kamen, sich vor mir auf der Erde wälzten und beschnuppern ließen. Bevor wir uns aber untereinander vorstellen konnten, kam eine Frau aus dem Haus und fragte mich, wo ich denn herkäme. Ich wäre doch keine Wildkatze mit meinem Geschirr um den Hals. Ich ließ höflich zur Begrüßung mein »Miau« ertönen, weil ich mir etwas zu trinken erhoffte.

Die Frau nahm mich auf den Arm und brachte mich in ihr Haus. Sie ahnte schon, dass ich Durst hatte und gab mir Milch. Hunger hatte ich nun auch. Ob ich wohl lange von zu Hause weg war? Ob Stefan und Karin schon zu Mittag aßen und mich vermisst hatten? Wo war ich eigentlich gelandet? Sollte ich doch lieber schnell nach Hause laufen?

Aber oh Schreck, jetzt waren alle Türen nach draußen verschlossen und ich konnte nicht wieder hinaus. Ich sah mich nach der Frau um. Sie saß am Schreibtisch und schrieb. »Du musst jetzt hierbleiben,« sprach sie, als ich zu ihr aufblickte. »Da du keine Adresse an deinem Geschirr hast, werde ich überall Zettel an die Bäume heften, damit deine Familie weiß, wo du bist, falls sie dich sucht.«

Ich wurde auf einmal ganz traurig. Meine Familie, natürlich würden sie mich längst vermisst haben.

Es musste mir einfach gelingen, der Frau zu entwischen und nach Hause zu laufen. Ich würde genau aufpassen, wann sich die Gelegenheit dazu bot. Sobald die Frau ihre Zettel fertig geschrieben hatte, ging sie in die Küche und stellte mir Katzenfutter hin. Nun mochte ich aber doch nichts nehmen. Es war mir hier alles zu fremd. In diesem Moment kamen die kleinen Katzen aus dem Garten angelaufen. Sie hatten wahrscheinlich mitbekommen, dass es Futter gab. Die Frau öffnete die Terrassentür einen Spalt, um sie hereinzulassen.

Sofort sauste ich los. Ich schlüpfte ihr blitzschnell zwischen den Beinen hindurch, rannte an den anderen Katzen, für die ich nun leider keine Zeit mehr hatte, vorbei in den Garten, setzte so schnell ich konnte über den Zaun und rannte den Treppenweg wieder hinauf. Eigentlich wollte ich nicht denselben Weg zurück, um diesem großen Hund nicht noch einmal begegnen zu müssen. Es erschien mir nun aber einfacher, auf bekannter Strecke den Heimweg anzutreten. Ich hetzte weiter und schon begann dieser Hund zu bellen, als hätte er nur darauf gewartet, dass ich wieder auftauche. Ich hatte aber keine Lust, mir das Gekläffe noch einmal anzuhören und wechselte die Straßenseite.

Hier war ich vor ihm in Sicherheit und konnte mir Zeit lassen. Ich verspürte zwar wieder Hunger und sah ein, dass ich zu meiner Familie zurückmusste, aber es parkten so viele Autos am Straßenrand, die wollte ich doch noch genauer betrachten. An einem Auto blieb ich stehen, das roch nach Katze. Ich verrichtete mein kleines Geschäft an einem Reifen und lief weiter, als plötzlich ein Fahrzeug neben mir hielt, das ich kannte. Es gehörte dem Sohn unseres Nachbarn Lemke. Meine Familie musste ihm wohl schon von meinem Ausflug berichtet haben, denn als er mich sah, packte er mich an meinem Geschirr, hielt mich ganz fest und trug mich auf kürzestem Weg nach Hause.

Er klingelte, Andreas öffnete die Tür und ich nahm an, er würde nun mit mir schimpfen und mit seinem Finger drohen. Aber er war ganz lieb und froh, dass ich wieder da war, bedankte sich ganz herzlich bei Herrn Lemke und nahm mich auf den Arm.

Inzwischen kam Karin an und als sie mich sah, fing sie vor Erleichterung an zu weinen, weil mir nichts zugestoßen war.

Anja erzählte, dass sie nicht mal ihr Mittag essen konnte vor lauter Sorge um mich.

Alle Familienmitglieder hatten mich stattdessen gesucht, Nachbarn gefragt, ob ich bei ihnen sei, waren bis zu Herrn Friese gelaufen und schließlich in die andere Richtung zu dem Treppenweg. Da wir hier nie spazieren gingen, vermuteten sie nicht, dass ich auf unbekannten Pfaden wandeln könnte und kehrten wieder um. Sie hätten mich wahrscheinlich sowieso nicht finden können, weil ich zu der Zeit in diesem Haus eingesperrt war. Ich fand es lieb von meinen Menschen, sich Sorgen um mich zu machen, aber nötig wäre es nicht gewesen. Ich war doch ein erwachsener Kater, konnte mich orientieren und allein nach Hause finden.

Wer nun aber annimmt, dies war das Ende der Geschichte, der irrt. Eigentlich begann sie hier erst, denn nun muss ich ja noch erzählen, wodurch ich weltberühmt wurde.

Einen Tag später entdeckte Karin einen Zettel an einem Straßenbaum, als sie vom Einkauf kam: »Rotgetigerter Kater zugelaufen« und dahinter eine Telefonnummer. Karin überlegte, ob ich wohl bei den Leuten mit dieser Telefonnummer gewesen war und rief dort an. Es meldete sich die Frau mit den kleinen Katzen. Als sie bemerkt hatte, dass ich ihr wieder weggelaufen war, entschloss sie sich, die Zettel dennoch an die Bäume zu heften. Sie wusste ja nicht, ob ich nach Hause gefunden hatte und wollte wenigstens mitteilen, dass sie mich gesehen und mir Futter angeboten hatte.

Zufällig war diese Frau Reporterin bei einer bekannten Zeitschrift und schrieb an einem Artikel über entlaufene Tiere. Sie bat Karin, mit einem Fotografen zu uns nach Hause kommen zu dürfen, um uns zu befragen und zu fotografieren. Und so geschah es einige Tage später. Die Reporterin erschien und wir mussten die ganze Geschichte noch einmal erzählen. Karin nahm mich auf den Arm und der Fotograf machte ganz viele Fotos von uns.

Die Menschen sind schon komische Wesen, denn plötzlich hatte Karin die ganze Aufregung vergessen. Stattdessen freute sie sich, weil ich so intelligent war, gerade in dieses Haus zu laufen und nun in einer Zeitschrift über uns berichtet wurde.

Einige Wochen später erschien ein Foto von uns mit vielen anderen Hunden und Katzen, aber eigentlich passten wir gar nicht in diesen Artikel hinein, der von verloren gegangenen Tieren handelte. Ich war ja weder verschwunden noch verloren gegangen, sondern hatte lediglich einen Ausflug gemacht.

Diese Zeitschrift musste es überall auf der Welt zu kaufen geben, denn Stefan und Karin erhielten eines Tages eine Ansichtskarte aus Florida, wo Freunde von ihnen Ferien machten. Darauf stand, dass sie am Strand gelegen und nichts ahnend in dieser Zeitschrift geblättert hatten und plötzlich sahen Karin und ich sie an. Wir waren ganz stolz. Wer weiß, wie viele Leute uns noch gesehen hatten? Jedenfalls war ich nun weltberühmt.

Der Katzenkorb

Als ich etwas älter war, wurde ich plötzlich krank. Karin dachte, ich hätte wieder Flöhe, denn mir juckte ununterbrochen die Haut. Ich kratzte mich ständig. Als ich anfing, mir aus lauter Verzweiflung das Fell auszubeißen und mich wund zu lecken, ging Karin mit mir zum Arzt. Der war sich auch nicht sicher, was ich hatte und verschrieb mir Tabletten, die mir Karin unter das Futter mischen sollte. Das tat sie auch, heimlich. Ich bemerkte es aber sofort.

Der Geruch dieser Tabletten verdarb mir den ganzen Geschmack. Deshalb ließ ich sie einfach auf dem Teller liegen und fraß um sie herum. Daraufhin versteckte Karin die Tabletten in rohem Fleisch. Aber ich war ja nicht dumm. Ich ließ nun einfach die entsprechenden Fleischbrocken übrig. Davon wurde mein Juckreiz natürlich nicht besser. Ich war wieder von früh bis spät mit dem Lecken beschäftigt. Meine Haut war überall entzündet und mein einst so schönes Fell sah nun ganz unansehnlich aus.

Also gingen wir erneut zum Doktor. Ich überlegte, dass es vielleicht doch besser gewesen wäre, die Tabletten zu fressen, denn nun ließ sich der Arzt erst etwas einfallen: Ich sollte mit Salbe eingerieben werden, die noch schlimmer stank als diese Tabletten. Weil alle befürchteten, dass ich mir die Salbe gleich wieder ablecken würde, sollte ich eine Halskrawatte tragen. Sie bestand aus einem riesigen Plastiktrichter, der mir über den Kopf gestülpt wurde. Beim besten Willen, damit kam ich nicht zurecht. Ich konnte nur noch geradeaus sehen, meinen Kopf nicht drehen und mein Futter nicht aufnehmen. Weil meine Schnurrhaare auch in diesem Trichter steckten, hatte ich keine Orientierung und lief überall dagegen.

Auch Karin sah ein, dass der Tierarzt da ganz Unmögliches von mir verlangte und überlegte, wie mir zu helfen sei. In ihrem Wäscheschrank befand sich ein Stapel weißer Bettlaken, die sie mal geerbt hatte und die ihr nicht gefielen, weil sie bunte Bettwäsche hübscher fand. Sie kam auf die Idee, mir aus diesen Bettlaken Umhänge zu schneidern. Da konnte ich den Kopf und die Pfoten hindurch stecken und erhielt so etwas mehr Bewegungsfreiheit. Wenn ich aber viel umherlief, rissen die Umhänge leider entzwei und ich verhedderte mich schnell. Geholfen hatte das alles nichts.

Karin war traurig, weil mein Fell immer kahler wurde und wir wechselten nochmals den Tierarzt. Dieser war der Netteste von allen. Ich hatte inzwischen auch nicht mehr so viel Angst vor der Fahrt dorthin, weil wir mit dem Auto von Andreas zur Abendsprechstunde fahren konnten. So blieb mir die fürchterliche Busfahrt erspart, bei der mich alle Leute anfassen wollten.

Lediglich in den Korb stieg ich ungern, damit hatten mich meine Menschen an der Nase herumgeführt, ohne dass ich es merkte. Ich besaß nämlich seit einiger Zeit einen Katzenkorb. Als Karin damit nach Hause kam und ihn vor mich hinstellte, mochte ich ihn recht gern. Er war groß und da mir Karin ein Kissen hineinlegte, auch gemütlich.

Ich konnte mich darin ausruhen, hatte ein Dach über dem Kopf und war ungestört. Es gefiel mir fast noch besser, als in Kartons zu schlafen. Kartons standen nämlich seltener zur Verfügung und waren auch nicht immer groß genug.

Ein Karton war nur vorhanden, wenn der Paketbote klingelte, weil Karin oder Andreas etwas bestellt hatten. Dann wuchteten sie den Karton auf den Tisch, öffneten ihn und sahen nach, was er enthielt. Beim Auspacken war ich immer dabei und sobald der Karton leer war, stieg ich hinein, um ein wenig zu dösen. Oft befand sich etwas Holzwolle auf dem Boden, dann war es schön warm. Karin ließ mich dort einige Zeit liegen, doch irgendwann störte sie der Karton auf dem Tisch. Dann bugsierte sie mich unsanft heraus, da ich mein neues Lager nicht freiwillig räumte. Der Karton wurde auch nicht für mich aufgehoben. Nein, Karin zerriss ihn und er kam zu den alten Zeitungen, die gebündelt an den Straßenrand gelegt wurden und irgendwann in einem Container landeten. Ich hatte vor einer solchen Aktion stets protestiert und wollte verhindern, dass die schönen Zeitungen, auf denen ich so gerne lag, weggeworfen wurden. Auf mich hörte aber niemand. Der Katzenkorb wurde hingegen nicht entsorgt. Er blieb im Zimmer stehen und ich konnte hinein, wann immer ich Lust dazu verspürte. Ab und zu verbrachte ich sogar eine Nacht darin und freute mich über den zusätzlichen Schlafplatz.

Eines Tages belauschte ich ein Gespräch zwischen Andreas und Karin. Da erfuhr ich, dass der Katzenkorb gar nicht für mich zum Schlafen sondern für die Fahrten zum Tierarzt angeschafft worden war. Bevor es losging, sollte ich freiwillig in den Korb springen. Der neue Tierarzt mochte zwar netter sein als die anderen, aber freiwillig in den Korb gehen, um zum Arzt zu fahren, nein, das konnte keiner von mir erwarten. Also weigerte ich mich, versuchte, mich irgendwo zu verkriechen, aber sofort wurde Andreas geholt, der mich auf irgendeine Art überlistete. Es gelang ihm stets, mich zu fangen, mir die Pfoten festzuhalten und mit dem Kopf voran in den Korb zu schieben. Ich drehte mich blitzschnell wieder um, aber ich war anscheinend nicht schnell genug.

Ich kam nicht mehr aus dem Korb heraus. Plötzlich versperrte ein Gitter den Eingang. Trotz größter Anstrengung gelang es mir nicht, es mit den Pfoten wegzuschieben. War das nicht gemein von meinen Menschen, mich so hereinzulegen? Seitdem benutzte ich den Korb nie mehr freiwillig. Er verschwand daraufhin im Keller und wurde nur noch zu den Arztbesuchen heraufgeholt. Dann wusste ich, was die Stunde geschlagen hatte. Nur für den Nachhauseweg kletterte ich freiwillig in den Korb, auf diese Weise konnte ich dem Behandlungstisch entkommen.

Der neue Tierarzt unterhielt sich stets mit mir, bevor er mich behandelte, um mir die Angst zu nehmen. Das gefiel mir, aber Spritzen gab er auch. Da auch er zunächst keine Ahnung hatte, was gegen den Juckreiz zu machen war, meinte er zu Karin: »Bringen Sie doch gelegentlich etwas Urin von Mausi vorbei, vielleicht hat der Kater Zucker. Beginnen Sie vorsichtshalber gleich mit einer Diät.« Diese Diät gefiel mir, sie bedeutete Schabefleisch morgens, mittags und abends. Das konnten wir meinetwegen immer so beibehalten.

Nachdem mir Stefan am nächsten Morgen neuen Sand in mein Katzenklo getan hatte, wollte ich es gleich benutzen. Da hockte Karin sich neben mich, um mir ein Tellerchen unter meinen Po zu schieben. Weshalb störte sie mich? Sah sie nicht, dass ich dringend musste? Also um mein Geschäft zu verrichten, wollte ich unbeobachtet sein und beschloss, in den Garten zu gehen. Das ging aber nicht, denn die Badezimmertür war geschlossen und Karin dachte nicht daran, sie für mich zu öffnen. Was sollte ich denn nun machen? Ich musste immer dringender, egal, dann blieb mir nichts anderes übrig, als auf diesen Teller zu gehen. Karin war hocherfreut, füllte mein kleines Geschäft in ein Fläschchen und brachte es zum Tierarzt. Der Verdacht auf Zucker bestätigte sich nicht. Es bestand also auch keine Notwendigkeit mehr, ausschließlich Schabefleisch zu fressen.

Das meinten Karin und Stefan, ich meinte das nicht. So verweigerte ich das Whiskas, das ich nun wieder anstelle des Schabefleischs bekam und vor der Diät so gern gefressen hatte.

Doch Karin erklärte mir, dass Schabefleisch auf Dauer zu teuer wäre und so gewöhnte ich mich notgedrungen wieder um.

Es war erfreulich, dass ich nicht zuckerkrank war, andererseits juckte mein Fell noch immer und ich musste weitere Spritzen über mich ergehen und sogar Fieber messen lassen. Das war vielleicht unangenehm. Dazu steckte mir der Arzt eine Art Spritze in den Po. Ich dachte, der spinnt wohl, das sollte ich mal mit ihm machen. Als er fertig gemessen hatte, kroch ich besonders schnell in meinen Korb, nein, ich hatte etwas vergessen. Ich machte freiwillig kehrt, kam wieder aus dem Korb heraus, drehte mich zu dem Arzt um, fauchte ihn zur Strafe ganz laut an und verschwand anschließend beleidigt darin, ohne den Doktor noch eines Blickes zu würdigen.

Man sollte es nicht für möglich halten, die vielen Wege waren nicht umsonst. Nach einer neuen Spritzenkombination hörte meine Haut wie durch ein Wunder auf zu jucken und nach einigen Wochen war mein Fell nachgewachsen und ich sah genauso schön und gepflegt aus wie früher.

Fische, Fische, Fische

Auf meinen täglichen Rundgängen durch Haus und Garten nahm ich jede Veränderung wahr, beispielsweise wenn ein Möbelstück an anderer Stelle stand oder ein neues angekommen war. Das begutachtete ich sofort und wenn es mir gefiel, so wie der neue Wohnzimmerschrank von Anja und Andreas, legte ich mich in jedes Fach zum Probeschlaf.

Als wieder einmal der Möbelwagen vor der Tür stand, wurde ein merkwürdiger Schrank ausgeladen. Er hatte eine ganz andere Form als all die anderen Schränke im Haus. Ich wusste nicht so recht, was ich damit anstellen sollte. Er besaß weder offene Fächer noch Schubladen. Das Einzige, was ich tun konnte, war, auf ihn hinaufzuspringen. Ich bemerkte, dass zu diesem Möbelstück noch ein Stuhl geliefert wurde. Der Stuhl wurde direkt davor gestellt und Anja nahm darauf Platz.

Ob ihr dieser Schrank so gut gefiel, dass sie ihn ständig betrachten wollte? Aber sie sah ihn nicht lange an, sondern hob einen Deckel hoch, den ich vorher nicht bemerkt hatte und es kamen schwarze und weiße Tasten zum Vorschein. Sie ließen sich herunterdrücken und jede Taste gab einen anderen Ton von sich.

Anja ließ ihre Finger darübergleiten und es ertönte eine schöne Melodie aus diesem Schrank. Wer hätte das gedacht? Ich probierte es auch gleich aus. Da es mir gefiel, über die Tasten zu laufen, weil sie auch bei mir Töne von sich gaben, konnten Anja und ich gelegentlich vierhändig bzw. vierpfotig darauf spielen.

Andreas erzählte kürzlich, dass er sich ein Aquarium zulegen wollte, weil er in seiner Jugend eines hatte. Ich war auch dafür, denn ein weiteres Möbelstück konnte für mich immer von Interesse sein. Ach, wie war ich enttäuscht, als es geliefert wurde, dabei hatte ich so sehnsüchtig darauf gewartet. Das Aquarium war ein Schrank, der vorn eine Scheibe hatte, aber im Inneren war überhaupt nichts zu sehen. Er war sozusagen hohl. Da er von allen Seiten geschlossen war und ich den schweren Deckel, der obenauf lag, nicht hochheben konnte, war es mir nicht einmal möglich, darin zu schlafen. Wozu brauchten Anja und Andreas nur diesen leeren Kasten?

Als ich einige Tage später wieder meinen Rundgang machte, bemerkte ich, dass sich dieses Aquarium verändert hatte. Auf dem Boden lagen Kieselsteine und es war mit Wasser gefüllt. Was sollte das wohl bedeuten? Als Badewanne war es doch viel zu klein. Ein weiterer Tag verging und nun waren Pflanzen darin. Es sah gleich viel schöner aus als am Anfang.

Aber weshalb kauften Anja und Andreas denn für die Pflanzen einen extra Schrank? Sie mussten doch wissen, dass sie mir die Freude verdarben, wenn sie die Pflanzen einsperrten. Ob sie es absichtlich getan hatten, um mich zu ärgern?

Anja und Andreas wollten nämlich schon immer gern eine Palme haben und hatten vor langer Zeit eine kleine für ihr Blumenfenster gekauft. Dort sollte sie wachsen und gedeihen. Mir gefiel sie ebenfalls.

Ich kostete von den Palmenblättern und stellte fest, dass sie ganz besonders gut schmeckten. Von da an knabberte ich sie regelmäßig an, fraß so lange daran, bis nur noch die Stiele übrig waren. Anja und Andreas gingen dann in ein Geschäft und kauften für mich eine neue Palme. Das war sehr aufmerksam, obwohl sie ständig mit mir schimpften, wenn ich wieder von der Palme gefressen hatte. Anja meinte schließlich, dass es keinen Sinn hätte, immer neue Palmen zu besorgen. Da ich sie stets auffraß, würden sie nie eine große Palme haben.

Wenn ich mir das in Ruhe überlegte, hätten sie doch besser daran getan, gleich eine große Palme zu kaufen, dann wäre ihr Wunsch erfüllt und ich hätte länger zu fressen gehabt.

Nun hatten sie sich jedenfalls für diese Wasserpflanzen entschieden, an die ich nicht herankam.

Aber das war noch nicht alles. Als ich nach einigen Wochen erneut am Aquarium vorbeikam, blieb ich wie angewurzelt stehen. Da waren wahrhaftig Tiere in dem Becken, die nicht auf der Erde krochen oder liefen und auch nicht umherflogen, nein, diese Tiere schwammen im Wasser und wurden Fische genannt. Ich war fasziniert von dem neuen Spielzeug, dass möglicherweise auch noch meinen Speiseplan ergänzen würde.

Ich setzte mich lange vor dieses Aquarium und überlegte, wie ich die Fische am einfachsten fangen könnte. Ich reckte mich an der Scheibe hoch, wenn sich ein Fisch näherte, lief um das Becken herum und sprang auf den Deckel. Doch mit diesen Fischen verhielt es sich wie mit den Vögeln im Fernseher, sie ließen sich einfach nicht greifen. Das wurde mir langsam zu dumm und ich beachtete sie nicht mehr oft, bis auf einen. Der war nicht so bunt wie die anderen sondern schwarz und hatte einen feuerroten Schwanz. Obgleich er mir nie etwas getan hatte, mochte ich ihn nicht. Wenn er nach vorn geschwommen kam, schlug ich mit meiner Pfote gegen die Glasscheibe, so wie ich immer nach Mulli, dieser Siamkatze schlug, und der Fisch bekam einen Schreck und versteckte sich hinter den Pflanzen.

Ein Freund von Andreas, der mich einmal dabei beobachtete, versprach, mir einen viel größeren Fisch mitzubringen.

Er angelte gern und erschien eines Tages mit einem Eimer, in dem mehrere große Fische schwammen. Da tauchte ich voller Begeisterung meine Pfote in den Eimer bis hinauf zum Ellenbogen. Obwohl ich mich sonst nicht gern freiwillig so nass machte, blieb mir diesmal nichts anderes übrig. Wie sollte ich sonst an die Fische herankommen? Trotz aller Mühe gelang es mir nicht, einen aus dem Eimer herauszuholen. Sie waren so glitschig und rutschten mir ständig von der Pfote.

Stefan, der mit allen anderen aus der Familie um mich herumstand, hatte schließlich Mitleid, langte mit der Hand in den Eimer und legte einen Fisch vor mich hin. Der Fisch forderte mich gleich auf, mit ihm zu spielen, denn er schlug aufgeregt mit dem Schwanz auf den Fußboden. Ich tat ihm den Gefallen auch, aber er roch so modrig, nicht so appetitlich wie die Kleinstbücklinge, die so ähnlich aussehen und die Karin mir manchmal kaufte. Deshalb fraß ich ihn auch nicht.

Diese Kleinstbücklinge waren immer schon tot, wenn Karin sie mir mitbrachte. Sie zappelten dann nicht mehr. Ich konnte sie jedoch schon aus weiter Entfernung in Karins Einkaufstasche riechen. Es war immer aufregend, wenn Anja oder Karin mit ihren Einkaufstaschen nach Hause kamen. Es geschah selten, dass da nichts für mich drin war.

Deshalb saß ich stets an der Haustür, wenn sie erschienen, um möglichst schnell an ihre Taschen zu gelangen. Sie gingen damit immer in die Küche und stellten sie auf dem Tisch ab. Ich strich um ihre Beine herum und rieb zur Begrüßung mein Köpfchen daran. Ehe sie es verhindern konnten, sprang ich plötzlich auf den Küchentisch und steckte meine Nase in die Einkaufstasche. Ich entdeckte ein Stück Käse darin, Schinken oder Fleischsalat. Auch Fisch oder Fleisch kam zum Vorschein, das Karin zum Mittagessen gekauft hatte. Am liebsten wollte ich von allem eine Kostprobe. Wenn ich aber die Kleinstbücklinge in der Tasche roch, dauerte mir das Auspacken immer viel zu lange.

Sobald sie endlich aus dem Papier gewickelt waren, riss ich sie Karin aus der Hand und spielte vor Freude mit ihnen, wie mit einer Maus, warf sie in die Luft und stupste sie mit der Pfote an. Dann erst fraß ich sie. Damit ich das in Ruhe tun konnte, machte ich sie aber sicherheitshalber noch einmal tot, indem ich ihnen zuerst den Kopf abbiss.

Als wieder ein Jahr vergangen, der Schnee geschmolzen und der Frost vorbei war und die Natur ihr Frühlingskleid anzog, wurde eine Gärtnerin bestellt. Sie war angenehmer als Handwerker, die sonst für irgendwelche

Reparaturen ins Haus gerufen wurden. Vor ihr musste ich mich nicht erst verkriechen. Das tat ich nämlich vorsichtshalber bei den Handwerkern, bis meine Neugier siegte und ich aus meinem Versteck kam, um in ihre Taschen zu gucken und ihnen bei der Arbeit zu helfen.

Die Gärtnerin kam auch nicht ins Haus, sondern blieb bei mir im Garten, um mir Gesellschaft zu leisten. Sie unterhielt sich mit mir und was ganz besonders wichtig war, sie machte nicht solchen Krach, wie die Handwerker ihn immer veranstalteten. Handwerker konnten ganz unangenehme Geräusche erzeugen, mit den vielen Gerätschaften, die sie in ihren Taschen mitbrachten. Sie hämmerten und bohrten, ließen Werkzeuge auf die Erde poltern und nahmen einfach keinerlei Rücksicht auf meine Katzenohren. Die Gärtnerin dagegen holte sich aus dem Schuppen mit den Gartengeräten nur eine Schaufel und begann damit, im Garten ein riesiges Loch zu buddeln.

Nicht nur so ein winziges, wie Karin es für ihre Tulpenzwiebeln machte, nein, ein so großes, dass ich mir den Grund dafür nicht erklären konnte. Ich beobachtete angespannt, wie das Loch immer tiefer und tiefer wurde und an Umfang zunahm. Mein Geschäft konnte ich darin jedenfalls nicht verrichten. Ich hätte viel zu viel Arbeit gehabt, es anschließend wieder zuzuscharren. Wer weiß, ob mir das überhaupt je gelungen wäre.

Am nächsten Tag hielt ein Lieferwagen vor der Tür und zwei Männer trugen eine riesige Schüssel in den Garten. Sie war schwarz, ziemlich hoch und hatte glatte Ränder.

Ich traute mich nicht, hineinzuspringen, da mir unklar war, wie ich an dem glatten Rand wieder hinauskommen sollte. Ich überlegte, wozu diese Schüssel wohl geeignet war, sie war ja größer als Karins Badewanne. Vielleicht wollten Karin und Anja im Sommer draußen baden? Ich war mit meinen Überlegungen noch nicht am Ende, da erschien die Gärtnerin erneut, trug mit Andreas zusammen die Badewanne zu dem großen Loch und setzte sie hinein. Dann wurde Erde an die Ränder geschaufelt und die Wanne wurde mit Wasser gefüllt. Nun war Vorsicht geboten. Ich durfte nicht zu neugierig über den Beckenrand sehen, sonst würde ich genauso hineinfallen, wie in Karins Badewanne. Aber da sie außer Wasser nichts enthielt, nicht einmal solch schönen Schaum und ich auch keinen Durst verspürte, interessierte ich mich nicht mehr dafür. Es dauerte jedoch nicht lange und Andreas und Anja trugen Pflanztöpfe herbei, die sie in das Wasser hineinstellten. Um die Wanne herum brachten sie viele verschiedene Stauden und Gräser in die Erde und zum Schluss - war das eine Freude - kamen rote Fische in das

Becken. Nun wusste ich endlich Bescheid, es war ein Aquarium für den Garten. Ich sah mir die Fische genau an und überlegte, ob die sich von mir fangen ließen, denn Andreas brachte keine Abdeckung über dem Becken an. Ich schlich um den Teich herum, tauchte vorsichtig mit der Pfote ins Wasser, aber schon verschwanden die Fische in der Tiefe und tauchten ewig lange nicht mehr auf.

Ich versuchte es noch ziemlich oft, einen Fisch zu erwischen, aber mit Fischen schien ich einfach kein Glück zu haben und so ließ ich schließlich Fische Fische sein.

Wir hatten den Teich nun schon einige Wochen. Anja stand öfter am Zimmerfenster und sah von oben zu, wie die Fische darin schwammen. Ich setzte mich auf das Fensterbrett, wenn ich gerade nichts Besseres zu tun hatte. So guckten wir schon eine Weile in den Garten, als ein großes Ungeheuer angeflogen kam und in der Tanne von unseren Nachbarn sitzen blieb. Dieses Ungeheuer war um ein Vielfaches größer als Krähen und ich glaubte, dass auch Anja so ein Tier noch nie gesehen hatte.

Sie rief ganz aufgeregt nach Andreas: »Komm schnell, am Teich ist ein Graureiher.« Er war inzwischen schon von der Tanne herabgeflogen und hatte sich an den Teichrand gesetzt.

Von dort aus starrte er unbeweglich auf die Fische, so wie ich sonst immer vor dem Mauseloch saß, um auf eine Maus zu warten. Er würde doch nicht etwa einen Fisch fangen wollen? Andreas rannte ins andere Zimmer, um einen Fotoapparat zu holen.

Derweil gelang diesem Graureiher genau das, was ich nie geschafft hatte: Er streckte blitzschnell seinen Kopf mit dem langen Hals nach vorn in den Teich, angelte mit dem Schnabel einen roten Fisch heraus, nahm ihn quer in seinen Schnabel und flog mit ihm auf und davon.

Obwohl der Graureiher Andreas zunächst gefallen hatte, weshalb hätte er sonst ein Bild von ihm machen wollen, schimpfte er nun auf diesen Vogel, weil er ihm einen Fisch gestohlen hatte. Und bei diesem einen Mal blieb es auch nicht. In größeren Abständen ließ sich der Reiher immer wieder einmal sehen. Meine Familie hatte Bedenken, dass er einmal kommen würde, wenn ich im Garten war und er anstelle eines Fisches nach mir schnappen würde. Diese Angsthasen aber auch. Wenn der Reiher auch aussah wie ein Ungeheuer, so wäre ich bestimmt viel zu groß und schwer für ihn gewesen. Notfalls konnte ich mich auch noch zur Wehr setzen. Ich würde mich vor ihm in ganzer Größe aufrichten und laut fauchen, jaulen und mein Meck, Meck ausstoßen, das meine Menschen immer so amüsierte. Damit hatte ich schließlich immer diese Krähen vertrieben.

Pensionsgäste

Eines Tages tauchte ein Tier hier auf, das so groß war wie eine Maus und es viel schlechter hatte als ich. Es musste nicht etwa an der Leine laufen, sondern in einem Käfig sitzen, egal ob es sich im Zimmer oder im Garten befand. Ich nahm zunächst an, dass Karin eine Maus für mich gefangen und in einen Käfig gesperrt hatte, damit sie ihr nicht wieder weglief. Andererseits würde Karin das bei aller Liebe zu mir nie tun, bei ihrer Angst vor Mäusen. Ich durfte mir dieses Tier, das den Namen Hamster hatte, durch die Käfigstäbe ansehen. Ich hätte es gern einmal ohne diesen Käfig betrachtet. Dazu würde ich sicher noch Gelegenheit haben. Von Karin erfuhr ich, dass es für ein paar Wochen bei uns in Pflege bleiben würde. Ich setzte mich vor den Käfig und betrachtete den Hamster genau. Ich sprang auf den Deckel und versuchte, mit der Pfote an ihn heranzukommen, wenn er, mit dem Bauch nach oben, an den Gitterstäben entlanghangelte. Aber sobald ich ihn anstupsen wollte, ließ er sich einfach wieder auf den Boden fallen. Mit der Pfote kam ich nicht zwischen die Stäbe, aber ich hatte ja Zeit und konnte warten. Irgendwann würde der Hamster Hunger haben. Dann würde Karin ihn sicher herausnehmen und zu seinem Futternapf in die Küche bringen. Da täuschte ich mich aber.

Er bekam gar keinen Futternapf in die Küche gestellt, sondern fraß in seinem Käfig. Karin musste den Deckel hochheben, um ihm Futter zu geben, aber der Augenblick war nur kurz. Ich hatte kaum über den Käfigrand geblickt, schon schloss sich der Deckel unbarmherzig vor meinen Augen.

Wenigstens hatte ihm Karin nicht mein schönes Whiskas gegeben. Der Hamster erhielt Rohkost, Salatblätter, Mohrrüben und derlei Dinge, die gar nicht schmeckten. Ob er wohl zu dick war und abnehmen musste?

Da dieser Hamster auch seine Toilette in dem Käfig hatte, das heißt, er machte sein Geschäft einfach in eine Ecke, ohne es zuzuscharren, musste der Käfig, weil er sonst stank, regelmäßig gesäubert werden.

Nun war endlich meine Stunde gekommen. Karin erschien mit einer großen Schüssel, die sie sonst zum Baden ihrer Füße benutzte, und setzte den Hamster hinein. Mich wunderte, dass sie sich das überhaupt traute, wo sie doch um Mäuse einen großen Bogen machte und sie erst recht nicht anfasste. Ich beobachtete alles genau und überlegte mir schon, ob der Hamster wohl ähnlich wie eine Maus schmeckt.

Er versuchte an dem Schüsselrand hochzuklettern, aber er rutschte immer wieder ab. Das gefiel mir, weil er mir so nicht weglaufen konnte. Ich freute mich schon auf den Moment, wo

Karin sich mit dem Säubern des Käfigs beschäftigen würde und mich nicht mehr beobachten konnte.

Aber genau in dem Augenblick erschien Anja und passte auf mich auf. Sie erklärte mir, dass ich den Hamster nicht fressen dürfte. Er sollte wieder wohlbehalten an seine Familie zurückgegeben werden, wenn ihr Urlaub beendet war. Anja nahm den Hamster zwar mal in die Hand und hielt ihn mir dicht vor die Nase, damit ich ihn beschnuppern konnte, aber das war auch schon alles. Ich durfte nie mit dem Hamster allein bleiben und so war ich auch nicht traurig, als er wieder abgeholt wurde. Ich konnte ja doch nichts mit ihm anfangen.

Im folgenden Jahr kam der Hamster wieder in den Ferien zu uns. Der hatte sich aber verändert, er war viel größer geworden, roch auch anders und sein Fell hatte eine andere Farbe. Außerdem war er noch langweiliger, kroch nicht mehr an den Gitterstäben an seinem Käfig hoch und saß die meiste Zeit in einer Ecke und schnüffelte. Von Anja erfuhr ich, dass es gar kein Hamster war, sondern ein Meerschweinchen. Darum auch.

Wir bekamen Besuch

Es kam öfter vor, dass entweder Anja und Andreas oder Karin und Stefan Gäste einluden. Das war teils angenehm, teils uninteressant, je nachdem, wie viel Zeit sich die Gäste für mich nahmen oder ob sie mir etwas zum Spielen oder Fressen mitbrachten. Heute sollten Gäste kommen, die ich noch nicht kannte. Es war schönes Wetter und Karin hatte den Kaffeetisch im Garten gedeckt. Anja nahm mich auf den Arm und erklärte mir, dass ich ausnahmsweise nicht mit am Tisch sitzen dürfte, sondern im Zimmer zu bleiben hätte. Was hatte das nun wieder zu bedeuten? Ich tat doch niemandem etwas. Wie ungerecht, sollte sich doch dieser Besuch ins Zimmer setzen. Als ich von meinem Stuhl am Fenster in den Garten sah, wurde mir der Grund dieses Verhaltens klar. Es waren nicht nur Menschen gekommen, sondern sie hatten auch ein vierbeiniges Tier mitgebracht, so eins, wie ich es schon beim Tierarzt gesehen hatte, einen Hund. Dieser sollte ein Dackel sein. Was denn nun, ein Dackel oder ein Hund oder war das dasselbe?

Weshalb durfte ich mir den nun nicht aus der Nähe ansehen? Aber ich kannte ja Stefan und Karin. Irgendwann würde es ihnen schon leidtun, mich eingesperrt zu haben. So dauerte es auch nicht lange, bis Karin vorschlug, mich doch in den Garten zu lassen, vielleicht würde ich mich mit dem Dackel ja vertragen. Sie öffnete mir die Tür und nachdem wir uns aus der Entfernung betrachtet hatten, liefen wir vorsichtig Pfote für Pfote aufeinander zu. Wir ließen uns dabei nicht aus den Augen. Als wir uns nahe genug gegenüberstanden, beschnüffelten wir uns und meine Nase verriet mir, dass der Hund gar nicht so schlecht war.

Nur mit der Sprache machte es Schwierigkeiten. Er miaute nämlich nicht, sondern bellte. Da verstand ich nicht immer, was er meinte und es konnte schon mal Missverständnisse geben. Aber Hauptsache ich war nun auch draußen.

Plötzlich entdeckte dieser Dackel meinen roten Ball, den Karin nicht weggeräumt hatte, nahm ihn zwischen die Zähne und wollte ihn zerfetzen. Wie ungezogen, an mein Eigentum zu gehen. Ich hatte aber Angst, ihm den Ball wegzunehmen, denn der Hund hatte größere Zähne als ich. So ließ ich ihm notgedrungen mein Spielzeug. Es war sicher nicht verkehrt, dass ich auch mal einen Dackel kennengelernt hatte. Ich war jedoch froh, als er am selben Tag wieder nach Hause ging und nicht so lange blieb wie der Hamster oder das Meerschweinchen. Als sich die Gäste verabschiedet hatten, lief ich vorsichtshalber durch Haus und Garten, um zu sehen, ob er sich nicht vielleicht irgendwo versteckt hielt.

Ich bekam Besuch von einer kleinen schwarzen Katze, die auf den Namen Lisa hörte und auch an einer Leine laufen musste wie ich und von zwei riesigen Leuten geführt wurde. Jedenfalls erschienen sie groß im Gegensatz zu der kleinen Lisa. Lustig war, dass Lisa aus demselben Haus kam, in dem ich geboren wurde.

Sie kannte also meinen Papa Winkler und meine Katzenfamilie. Es bestand somit auch die Möglichkeit, dass wir verwandt waren. Anja und Andreas sagten, sie müssten aufpassen, damit ich der kleinen Lisa nichts tue, weil ich doch die Mulli immer verhaue. Aber wo hätte ich denn Lisa verhauen? Sie konnte ja meine Schwester sein. Aber dieses kleine Ding war ja ein zappeliges Wesen. Es saß nicht eine Sekunde still und fiepste ständig. So verhielt sich Mulli nie und es ängstigte mich auf einmal. Ich wusste schon, dass ich keine Angst hätte haben müssen, ich war schließlich viel größer und kräftiger als Lisa. Trotzdem kroch ich unter das Bett. »Mausi,« lachte Anja, »du brauchst dich doch vor Lisa nicht zu verkriechen, die tut dir doch nichts.« Mochte ja sein, aber ich konnte dieses ständige Gefiepse nicht ertragen und kam so lange nicht zum Vorschein, bis ich hörte, dass die Leute wieder gegangen waren. Ich wartete noch eine Weile länger und lauschte, ob ich Lisa noch fiepsen hörte, denn es roch immer noch nach ihr. Als alles still zu sein schien, kroch ich unter dem Bett hervor und kontrollierte alle Zimmer, aber ich fand sie nicht. Die Leute schienen Lisa zum Glück mitgenommen zu haben.

Ach, mein Papa Winkler hatte mich nach ein paar Jahren auch besucht, er wollte wissen, wie es mir ging und ob ich es gut hatte. War doch nett, nicht wahr?

Er fragte mich sogar, ob ich denn wieder mit zu ihm wollte und meine Geschwister vermissen würde? Nein, das wollte ich nach diesen vielen Jahren nicht mehr, dazu hatte ich meine Familie viel zu lieb.

Zuweilen bekamen Anja und Andreas auch Gäste, die anstelle von Hund oder Katze kleine Kinder mitbrachten. Die mochten zwar niedlich sein, doch obwohl ich sonst nicht schüchtern war, kleine Kinder gefielen mir nicht. Wenn sie größer waren und sich fast wie Erwachsene benahmen, war es mir recht, wenn sie ihre Eltern begleiteten, aber Kinder, die noch auf der Erde herumkrabbelten, hatten unangenehme Eigenschaften.

Sie schrien laut oder kreischten und wenn sie mich anfassen wollten, griffen sie nach meinem Kopf oder wollten mir in die Augen piken. Auch predigten ihnen die Eltern, sich die Hände zu waschen, wenn sie mich angefasst hatten, dabei waren kleine Kinder längst nicht so sauber wie wir Katzen. Sobald also Kinder da waren, blieb ich lieber bei Karin und Stefan.

Tiere, Oliven und sonstiges Spielzeug

Jetzt möchte ich von einigen Spielen berichten, die ich mir selbst ausgedacht hatte. Es gab nämlich mehrere Arten von Spielzeug. Es ließ sich mit Tieren spielen, wie beispielsweise mit den Kellerasseln oder Fliegen, mit Spinnen oder Mäusen wovon ich schon berichtet habe. Es gab aber auch noch anderes Spielzeug, beispielsweise Oliven.

Karin brachte von ihren Einkäufen gelegentlich ein Glas davon mit und ich ahnte vorerst nicht, dass es so einen leckeren Inhalt hatte, weil es von außen nicht besonders appetitlich aussah. Karin aß die schwarzen Oliven zu einem trockenen Brötchen.

Als sie das Glas öffnete und mir der Duft in die Nase stieg, wurde ich ganz wild. So gut hatten ja meine schönsten Fleischhappen nicht gerochen. Karin wollte mir von den Oliven zu kosten geben, musste aber erst den Kern entfernen, damit ich ihn nicht aus Versehen verschluckte. Das dauerte mir viel zu lange. Ich musste sie erinnern, dass sie sich gefälligst beeilen sollte und zog mit meinen Krallen an ihrem Rock und an den Strümpfen, bis sie »au« rief. Endlich war sie fertig und ich jagte mit den Olivenstücken durch die ganze Küche, warf sie in die Luft, sprang erneut hinterher und verspeiste sie anschließend. Auf dem Fußboden machte sich eine Ölspur breit, die meine Jagd hinterlassen hatte. In der suhlte ich mich dann vor Behagen. Ich hatte meine Freude an diesem Spiel. Karin war davon nicht begeistert, weil sie die Küche anschließend wischen musste.

Da sie die Olivengläser nun häufiger für mich kaufte, lernte ich auch, die Oliven selbst aus dem Glas zu angeln. Das machte noch mehr Spaß und meine Familie hatte erneut etwas, worüber sie lachen konnte.

Hatte ich aber weder Tiere noch Essen zur Verfügung, überlegte ich mir andere Spiele. Wenn ich allein war, spielte ich oft im Schlafzimmer. Das Holz am Fußende der Betten war poliert und wenn ich mich davorsetzte, nahm mir gegenüber ein anderer Kater Platz, der genauso aussah wie ich und mir alles nachmachte. Lief ich nach rechts, tat er es auch, tippte ich mit der Pfote nach ihm, langte er in meine Richtung, das war schon recht seltsam. Als Karin mich eines Tages bei meinem Spiel beobachtete, meinte sie, in dem Fußende säße gar kein anderer Kater, ich würde mich nur spiegeln. Ich weiß aber nicht, ob das stimmte. Mir war es letzten Endes egal, besaß ich doch einen weiteren Spielkameraden.

Besondere Freude bereitete es mir, mit einem Bandmaß zu spielen. Karin warf es in meine Richtung und ich schnappte danach, sie entzog es mir, warf es erneut, ich rannte hinterher, hielt es fest und so ging es weiter.

Ich fand bald heraus, dass es noch schöner war, mich zwischendurch zu verstecken. Ich kroch dazu hinter die Gardine, die glücklicherweise bis auf die Erde reichte, so dass ich nicht zu sehen war. Ich duckte mich und blinzelte vorsichtig darunter hervor.

Sobald das Bandmaß die Gardine traf, schoss ich aus meinem Versteck, versuchte es zu fangen und verschwand anschließend erneut hinter der Gardine. Ich wechselte auch die Verstecke, kroch mal hinter die Sessellehne oder den Schrank. Dieses Versteckspiel machte mir lange Spaß und Karin gefiel es auch. Nur wenn ich mit meinen Krallen in die Gardine hakte und Fäden herauszog, hatte Karin keine Lust mehr zum Spielen. Oft schimpfte sie sogar noch mit mir, genauso, wie sie es tat, wenn ich an ihrer Garderobe Fäden zog. Dabei geschah das unbeabsichtigt, wenn sie mich auf den Arm nahm und streichelte. Dann schnurrte ich und trat mit meinen Pfoten immer auf einer Stelle. Dazu spreizte ich sie und meine Krallen erschienen und strichen dabei über ihren Pullover, wo sie ab und zu in die Schlingen gerieten. Wie gesagt, das mochte Karin nicht, obwohl sie wusste, dass ich ihr mit dem Treteln sagen wollte, dass ich sie sooo lieb habe.

Ach, weil ich gerade vom Versteckspielen berichtete. Manchmal versteckte ich mich einfach irgendwo im Haus und ließ meine Familie nach mir suchen. So verschwand ich mal im Keller hinter herumstehendem Werkzeug oder ich machte es mir im Bett unter der Bettdecke gemütlich. Ich gab mir Mühe, keine Spuren zu hinterlassen, um nicht zu schnell entdeckt zu werden. Sobald ich vermisst wurde, riefen Anja oder Karin nach mir, aber selbst wenn ihr »Mausi« immer lauter wurde, kam ich nicht zum Vorschein. Wozu denn auch, wenn ich keinen Hunger hatte, nur weil sie wissen wollten, wo ich mich aufhielt?

Von Katze, Hase, Hund und Fuchs

Eines Tages war ich ganz traurig. Ich erfuhr, dass Frau Meier von nebenan in eine andere Stadt zu ihrer Tochter ziehen wollte. Sie war alt und krank, brauchte Pflege und konnte nicht mehr allein in dem großen Haus bleiben. Das bedeutete für mich, auf einige Leckereien verzichten zu müssen. Da Stefan aber den Garten nach wie vor pflegte, ging ich von jetzt an jedes Mal mit hinüber. Stefan hatte einen Durchgang am Zaun gemacht, damit wir gleich von unserem Garten in den anderen konnten. Das war viel praktischer.

Doch genauso schnell, wie sich mein Revier erweitert hatte, wurde es eingeschränkt. Neue Leute zogen in das Haus, ein Ehepaar mit zwei kleinen Kindern.

Auch das noch. Die würden beim Spielen sicher laut kreischen und mir die Vögel verscheuchen. Damit die Kinder nicht einfach durch das Zaunloch in unseren Garten konnten, machte Stefan es wieder dicht. Von da an durfte ich nie wieder auf dieses Grundstück und schaute nur sehnsüchtig hinüber. Die neuen Nachbarn sahen ein, dass ich jetzt weniger Abwechslung hatte, fuhren ins Tierheim und holten die Katze Anna. Sie war schon zwei Jahre alt und wir wussten nicht, wo sie vor dem Heim gewohnt hatte.

Anna war eine besonders hübsche Katze, grau getigert und ganz lieb. Eine richtige Katzendame und so benahm sie sich auch. Als sie mich entdeckte, fragte sie, ob sie mich besuchen dürfte, denn sie war nicht angeleint. Ich gestattete es sofort. Sie sprang über den Zaun und wir beschnupperten uns. Ich konnte sie gleich gut leiden. Mit erhobenem Schwanz ging ich stolz neben ihr, um sie zu beschützen, falls es Karin nicht recht war, dass ich sie mit ins Haus brachte. Ich nahm sie mit in die Küche und erlaubte ihr, von meiner Milch zu schlecken und mein Futter zu kosten. Sie nahm immer nur einige Kostproben. Sie war eigentlich nicht hungrig, denn sie bekam bei sich zu Hause auch Futter. Doch wenn man woanders war, schmeckte es eben besser.

Sie fraß ganz langsam, Häppchen für Häppchen und sah mich zwischendurch fragend an, ob sie noch etwas nehmen dürfe.

Von nun an erschien sie fast jeden Morgen, saß meist schon vor der Tür, wenn Karin die Jalousie hochzog. Das gefiel mir, weil sie mir gleich berichten konnte, was nachts so in den Gärten los war, denn Anna war eine Nachtkatze.

Im Gegensatz zu mir schlief sie häufig tagsüber und fing mit ihrem Rundgang an, wenn es dunkel wurde. Es musste sehr schön sein, nachts durch die Gärten zu streifen, wenn der Mond alles in fahles Licht tauchte und sich die Geräusche des Tages ganz anders anhörten. Anna berichtete von Schmetterlingen, die im Lichtschein der Straßenlaternen flatterten und von Tieren, die Stacheln hatten und ganz langsam des Weges liefen. Wenn Anna ihnen zu nahe kam, igelten sie sich ein und Anna konnte den Kopf dieser Tiere nicht mehr sehen. Sie schlich dann um sie herum, traute sich aber nicht, sie mit ihrer Pfote anzustupsen, weil die Stacheln pikten. Sie waren noch schlimmer als die Nadeln vom Weihnachtsbaum.

Anna erzählte von den Autos, die im Dunkeln ihre Scheinwerfer anhatten und mit ihrem Licht gespensterhafte Bilder in die Gärten warfen. Hinter einigen Büschen sah es plötzlich aus, als säßen dort irgendwelche fremdartigen Tiere, die jedoch genauso schnell wieder verschwunden waren wie die Lichtkegel. Wenn Wind aufkam, raschelten die Blätter viel geheimnisvoller als am Tage, so als hätten sie spannende Geschichten zu erzählen.

Einige Katzen hatten an bestimmten Treffpunkten ihre Verabredungen und fanden sich dort regelmäßig ein. Die Katzen unterhielten und beschnupperten sich, jaulten, kämpften und spielten miteinander oder saßen einfach nur da und schwiegen sich an. Mir war es leider nie vergönnt, nachts im Freien zu sein. Nur gelegentlich, wenn Karin vergaß, die Fensterläden zu schließen, drückte ich meine Nase an der Scheibe platt und konnte auch die Autoscheinwerfer vorbeihuschen sehen. Aber es war eben nicht dasselbe.

Karin sagte am nächsten Morgen nur: »Mausi, du hast schon wieder lauter Nasen an die Fensterscheibe gemacht,« holte einen Lappen und entfernte sie.

Wenn ich in Stimmung dazu war, nahm ich Anna mit ins Wohnzimmer. Wir lagen dann ganz dicht aneinandergeschmiegt und schliefen. Mit Anna hätte ich gern Katzenkinder gehabt, aber inzwischen war ich für Kinder zu alt und kastriert war ich ja auch. Schade, dass mir Anna nicht schon in meiner Jugend begegnet war. Unsere Kinder hätten bestimmt entzückend ausgesehen. Ich könnte mir vorstellen, dass sie dreifarbig geworden wären, rot von mir und grau und weiß von Annas Fellfarbe. Auf jeden Fall war es schön, so neben Anna zu liegen. Da ich sie mochte, leckte ich ihr manchmal über den Kopf, was sie gern geschehen ließ.

Kurz nachdem Anna nebenan eingezogen war, kam ein weiteres Tier ins Haus, der Hase Rucki. Er sah vom Fell her fast genauso aus wie ich. Er musste in einem Käfig leben, der im Garten stand. Nur ganz selten durfte er unter Aufsicht im Freien herumlaufen.

Er bewegte sich so komisch, nicht so elegant wie wir Katzen oder wie Hunde. Er hoppelte über das Gras, als hätte er sich die Pfote verstaucht. Er knabberte ebenfalls rohe Mohrrüben, so wie dieser Hamster und sie schienen ihm tatsächlich zu schmecken. Nun, sollte er sich ruhig damit begnügen, dann konnte er uns nichts wegfressen.

Rucki hatte nur ein kurzes Leben. Eines Nachts gab es einen fürchterlichen Krach, als würden im Garten Kämpfe stattfinden. Am nächsten Tag stand Ruckis Stalltür offen und er war verschwunden. Überall suchten die Nachbarn nach Rucki, aber sie fanden ihn nicht, nur ein Stück von seinem Fell lag irgendwo im Garten. Da seit einiger Zeit gelegentlich ein Fuchs durch die Gärten streifte, hieß es, dass Rucki vom Fuchs gefressen wurde. Das lag sicher daran, dass er nicht wie wir Katzen bei Gefahr auf Bäume klettern konnte.

Aber auch Anna wohnte nicht ewig nebenan. Die Nachbarn zogen wieder aus und ich war untröstlich.

Ich verlor nicht nur meine liebste Spielkameradin. Ich hatte auch niemanden mehr, der mir von den nächtlichen Streifzügen berichtete.

Zum Glück blieb es nur für kurze Zeit so. Die nächsten Leute brachten gleich ein kleines Kätzchen mit. Kater Moritz war sehr lebhaft, sprang den ganzen Tag wie wild durch den Garten. Wegen meines fortgeschrittenen Alters konnte ich mit dem Tempo von Moritz nicht Schritt halten und wir spielten deshalb nicht miteinander. Doch ich beobachtete immer, was er tat. Er war sehr neugierig und diese Neugier wurde ihm beinahe zum Verhängnis. Er musste nämlich unbedingt in unseren Gartenteich gucken und als Andreas die Fische fütterte, wollte Moritz sie fangen. Dafür hatte ich vollstes Verständnis. Er wusste jedoch nicht, dass der Beckenrand vom Teich sehr glatt war, rutschte ab und fiel hinein, als er sich zu weit vorbeugte.

Dumm war Moritz aber nicht, es gelang ihm irgendwie, genauso schnell aus dem Teich herauszukommen, wie er hineingefallen war. Nun stand er da, klatschnass und keiner war zum Trockenreiben zur Stelle. So wälzte er sich in der Gartenerde und war nun nicht nur nass, sondern auch völlig verdreckt. Andreas griff ihn sich und trug ihn zu seinen Leuten, die ihn gleich in die Badewanne steckten, damit er nicht ihre Wohnung schmutzig machte, so wie er aussah. Das war die Strafe für seine Neugier. Bei Gelegenheit versuchte er erneut, einen Fisch zu angeln. Er war nun vorsichtiger, ließ sich mehr Zeit und hatte schließlich auch Erfolg. Er biss den Fisch sofort tot, nahm ihn ins Maul und trug ihn stolz nach Hause, um ihn seinem Frauchen zu zeigen. Auch ein Frosch musste durch Moritz sein Leben lassen. Das hieß aber nicht, dass Moritz intelligenter war als ich. Es gelang ihm nur deshalb diese Tiere zu fangen, weil er ohne Leine sein durfte. Es war eben ein großer Vorteil, sich frei bewegen zu können.

Gelegentlich kam zu Nachbar Lemke ein Hund in Pflege. Er war einen halben Kopf größer als ein Dackel und lief immer am Zaun entlang, wenn er mich sah, aber er traute sich nicht, herüberzuspringen. Das hätte mir auch nicht gefallen.

Dieser Dackel damals war ja noch zu ertragen, aber mit jedem Hund wollte ich mich nicht anfreunden. Hätte sich ohnehin nicht gelohnt, für die vierzehn Tage, die er zur Pflege da war. So habe ich ihm manchmal einen Nasenstupser gegeben oder in sein Ohr gebissen, damit er es sich nicht doch noch überlegte und womöglich über den Zaun sprang.

Und was ich noch berichten wollte

Nun habe ich schon so viele Geschichten aus meinem Leben erzählt und es gäbe natürlich noch viel mehr zu berichten. Ich möchte aber nicht über jedes Ereignis eine eigene Geschichte schreiben lassen und so diktiere ich zum Schluss nur noch ein paar Dinge, die ich nicht unerwähnt lassen will.

Als Anja einmal mit ihren Einkäufen nach Hause kam und wir gerade in der Küche alles auspacken wollten, läutete das Telefon. Ich dachte, sie würde es kurz machen, damit ich sehen konnte, was sie mir mitgebracht hatte.

Aber sie redete und redete und das Gespräch nahm kein Ende. Was blieb mir also anderes übrig, als allein nachzusehen. Ich kippte der Einfachheit halber die Einkaufstasche um und es purzelten einige Päckchen auf den Küchentisch. Ich verglich sie miteinander und stellte fest, dass eines davon in rosa Papier eingewickelt war. Aus Erfahrung wusste ich, dass es sich hierbei um ein Päckchen vom Fleischer handelte. Also wählte ich dieses Päckchen aus und zottelte solange an dem Papier herum, bis eine Scheibe leckerer Schweinebauch zum Vorschein kam. Schweinefleisch durfte ich nie roh essen, weil der Tierarzt gesagt hatte, dass ich von rohem Schweinefleisch krank werden könnte. Obwohl sich Karin sonst auch nicht immer an alles hielt, was ihr der Arzt sagte, rohes

Schweinefleisch gab sie mir nicht. Karin war heute nicht zu Hause und Anja telefonierte immer noch. Da konnte ich nicht widerstehen, ich musste einfach mal probieren, was mir sonst vorenthalten wurde.

Ach wie lecker dieser Schweinebauch war, bis auf die fette Schwarte. Die schmeckte mir nicht, die würde ich Anja übrig lassen, dann hätten wir gerecht geteilt.

Als ich gerade den letzten Happen von dem Schweinebauch verspeist hatte, hörte ich, wie Anja das Gespräch beendete und auf dem Weg in die Küche war.

Ich war mir nun nicht sicher, ob sie mich loben würde, weil ich beim Auspacken geholfen hatte oder ob sie ihre Stimme erhob, um mit mir zu schimpfen. Deshalb verschwand ich lieber im Korridor und Anja wunderte sich schon, weshalb ich weglief. Aber nicht lange. Sobald sie die Küche betrat, sah sie auf dem Fußboden die Schwarte vom Schweinebauch und sogleich setzte das Gezeter ein. Der Schweinebauch war als Mittagessen für Andreas bestimmt. Woher sollte ich denn das wissen? Das hätte sie ja gleich sagen können, als sie nach Hause kam. Nun würde sie sich eben für Andreas etwas anderes überlegen müssen. Zur Not könnte ich ihm eine Büchse Whiskas spendieren.

Ich habe auch noch nicht von meinem Spielball mit den Löchern berichtet. Nachdem dieser Dackel damals meinen kleinen roten Ball kaputtgemacht hatte, wollte ich unbedingt einen neuen haben.

Das verstand Karin und so kaufte sie mir einen viel interessanteren Ball.

Er war auch rot wie mein bisheriger, nur etwas größer und hatte viele Löcher. Durch eins der Löcher konnte man eine leckere Vitaminkugel in den Ball tun. Sie klapperte hin und her, sobald ich den Ball bewegte.

Wenn ich Glück hatte, kullerte diese Kugel aus dem Loch wieder heraus und ich konnte sie auffressen.

Ebenso habe ich von unserem Ritual beim Schlafengehen noch nicht erzählt. Das spielte sich so ab: Gewöhnlich gingen Stefan, Karin und ich gemeinsam ins Bett, nachdem wir zusammen Abendbrot gegessen und ferngesehen hatten. Manchmal jedoch war Stefan schon zeitig müde und legte sich schlafen, während ich Karin im Wohnzimmer Gesellschaft leistete. Es kam vor, dass sie sehr lange zum Fernsehen aufblieb. Ich wurde dann auch allmählich müde.

Karin machte aber noch keinerlei Anstalten schlafen zu gehen, sie wollte unbedingt den Film zu Ende sehen, obwohl er langweilig war. Das konnte ich beurteilen, denn es kamen keine Tiere oder Fußbälle darin vor.

Ich erhob mich dann und sah sie unentwegt an. »Miauuu«, machte ich und gähnte. »Darf ich ein

Weilchen auf deinem Schoß schlafen?« Sie nahm mich sogleich hoch und wir schmusten zusammen. Ich rollte mich bei ihr ein, schnurrte ein wenig und überdachte den vergangenen Tag. Durch mein Schnurren und meine Körperwärme fielen dann auch Karin fast die Augen zu. Nun wurde der Fernseher endlich ausgemacht. Wir begaben uns beide in die Küche und tranken noch ein Schluck Wasser. Dann gingen wir gemeinsam ins Bad. Während sich Karin die Zähne putzte, säuberte ich meine Pfötchen, anschließend gingen wir auf die Toilette. Jetzt waren wir mit allen Vorbereitungen für die Nacht fertig und legten uns neben Stefan ins Bett.

Die Menschen sagen immer, wir Katzen hätten sieben Leben. Eins davon setzte ich durch meine Unachtsamkeit einmal fast aufs Spiel. Es regnete und ich hielt mich oben bei Anja auf. Ich hatte wegen des schlechten Wetters fast den ganzen Vormittag verschlafen, obwohl ich eigentlich nicht richtig müde war. Doch zum Spielen hatte ich keine Lust und Streiche mochte ich mir auch nicht ausdenken. So wachte ich sofort auf, als die Sonne zum Vorschein kam und mir mein Fell wärmte. Ich sprang auf das geöffnete Fenster und sah in den Garten.

»Mau« machte ich und sah Anja an, »ich möchte in den Garten.« Anja war in der Wohnung beschäftigt und hatte keine Lust, meinetwegen die

Treppe hinunterzulaufen. »Warte noch eine Weile« antwortete sie, »dann komme ich und lasse dich raus.« Eine Weile konnte aber lang sein und ich wollte nicht warten. So spazierte ich unbeobachtet auf dem Fensterbrett entlang, in der Hoffnung etwas zu finden, um in den Garten hinabklettern zu können. Aber es waren weder ein Ast noch eine Leiter in der Nähe. Also blieb mir nichts anderes übrig, als auf dem schmalen Aluminiumblech zu wenden, um zurück in das Zimmer zu gelangen.

Genau dabei gab ich nicht acht, vergaß, dass das Brett schmal und rutschig war, verlor den Halt, überschlug mich und landete unsanft auf meinen vier Pfoten im Garten. So schnell war ich noch nie unten gewesen. Ich war so verdutzt, dass ich vor Schreck zunächst regungslos sitzen blieb. Dann bewegte ich langsam alle Glieder. Glücklicherweise hatte ich mir nichts getan. Der Schock war jedoch so groß, dass ich gar nicht daran dachte, meine Freiheit auszunutzen und ohne Leine einen Ausflug zu machen. Da kam auch schon Anja angerannt und war froh, dass ich mir nichts gebrochen hatte. Auch ihr saß der Schreck noch in den Knochen. Die Treppen war sie nun doch meinetwegen heruntergegangen, warum also nicht gleich, als ich es vorschlug. Dann hätten wir uns beide die ganze Aufregung ersparen können.

Übrigens fraß ich gerne Sand. Im Sommer war das nicht schwierig, es gab genügend Gartenerde für meinen Bedarf. Doch im Winter, wenn ich mich nur im Zimmer aufhielt, fehlte er. Durch Zufall entdeckte ich bei meinen Streifzügen durch den Keller einen Eimer mit Sand. Den hatte Stefan dorthin gestellt, falls es draußen glatt sein sollte.

Dann holte er ihn aus dem Keller und verteilte ihn mit einer Schippe auf der Straße. Jedes Mal, wenn er mit dem Eimer erschien oder ich im Keller war, nahm ich nun schnell etwas Sand auf meine Pfote und schleckte ihn ab. Meine Familie wunderte sich darüber, aber ich erzählte ihr nicht, weshalb ich Sand fraß.

Meine Menschen erzählten mir schließlich auch nicht alles, aber ehrlich gesagt, wahrscheinlich war es nur eine dumme Angewohnheit von mir.

Gelegentlich passierte es, dass Karin mich übers Ohr hauen wollte. Das geschah, wenn sie mit Stefan nachmittags eine Tasse Kaffee trank. Sie deckte den Tisch, aber da ich schon zum Frühstück Kaffeesahne geschleckt hatte, glaubte sie wohl, mir stünde am Nachmittag keine mehr zu. Sie tat deshalb die Sahne schon in der Küche in den Kaffee, während ich im Zimmer auf meinem Stuhl darauf wartete, dass das Milchkännchen auf dem Tisch erschien. Aber Karin brachte es nicht mit und ich sollte wohl denken, sie trinken den Kaffee schwarz.

Sie hätten inzwischen aber wissen müssen, dass ich mich so nicht abspeisen ließ. Ich griff daher zu meinem üblichen Trick und erreichte letzten Endes doch, dass sie das Kännchen holten und ich noch ein paar Tropfen Büchsenmilch schlecken durfte.

Meine Familie fand heraus, dass ich an den Hinterpfoten kitzlig bin. Gelegentlich machten sie sich einen Spaß daraus und kitzelten mich absichtlich. Sie freuten sich, wenn ich mich erschrak und zusammenzuckte. Auch tippten sie, wenn ich gerade träumte, mit ihrem Finger an die Haare in meinem Ohr, so dass ich annahm, eine Fliege würde vorbeifliegen. Ich bewegte rasch mein Ohr und kratzte mich. Eigentlich wollte ich jetzt ungestört sein und es war nicht richtig, dass sie mich ärgerten. Daran, dass ich im Schlaf mit meinen Pfötchen oder mit den Barthaaren zuckte, erkannten sie schließlich, dass ich gerade träumte. Aber wie sagten die Menschen so schön: Eine Hand wäscht die andere, was für mich hieß, dass ich sie auch wieder ärgern durfte.

Bevor ich Wasser aus meinem Napf trank, scharrte ich mit der Vorderpfote dreimal auf der Erde entlang. Weshalb ich das tat? Ich wusste es selbst nicht genau, vielleicht hatte ich es mir ausgedacht, damit meine Menschen wieder etwas hatten, worüber sie sich amüsieren konnten.

Ein paar Worte zum Schluss

Seit ich alt bin, darf ich ohne Leine in den Garten, da ich nicht mehr über die Zäune springen kann. Die Gefahr, von einem Auto überfahren zu werden, besteht nicht mehr. Auch mit der Mäusejagd ist es seit einiger Zeit leider vorbei, weil mir die Zähne ausgefallen sind. Ich könnte die Mäuse nicht mehr beißen und falsche Zähne wie Stefan sie hat, gibt es für Katzen nicht. So liege ich in der Sonne oder auf dem weichen Sofa, lasse mich streicheln und auf den Arm nehmen. Ich denke, dass ich es doch bisher gut hatte bei meinen Menschen. Wir haben uns alle fünf immer sehr lieb gehabt und verstanden uns ohne viele Worte.

Wir haben uns getröstet, wenn wir traurig oder krank waren. Wenn es uns gut ging, haben wir zusammen gespielt und unsere Späße getrieben. So hatten wir eine schöne Zeit miteinander.

Hier endet nun meine Geschichte und ich hoffe, dass wir bis an mein Lebensende weiter so gut miteinander auskommen. Da Katzen nicht so alt werden wie Menschen, wünsche ich mir, dass Anja, Andreas, Karin und Stefan immer gern an mich denken, wenn ich eines Tages nicht mehr bei ihnen sein werde. Ich hoffe, dass sie Freude an den vielen Bildern haben, die sie von ihrem Mäuschen gemacht haben, das sie einen großen Teil ihres eigenen Lebens begleitet hat.

Nachwort

Mausi hat wirklich gelebt. Die hier aufgeschriebenen Geschichten sind alle tatsächlich passiert. Mausi wurde siebzehneinhalb Jahre alt. Wir haben sehr um unseren Kater getrauert, als er starb und ihn in der ersten Zeit nach seinem Tod in Gedanken überall an seinen Plätzen sitzen sehen.

Außer der Freude, die so ein Tier bereiten kann, haben wir auch einiges von ihm lernen können.

Wir erlebten, wie viel Geduld unser Kater aufbringen konnte, mit welchen Kleinigkeiten er fröhlich zu machen und abzulenken war. Wir stellten fest, dass er stets ein treuer Freund war, egal ob es uns gut oder schlecht ging. Wir mussten lediglich seine Eigenheiten akzeptieren und respektieren, wenn er sich in seine Katzenwelt zurückziehen wollte. Er machte uns vor, wie man zur Ruhe kommen kann, meditiert, ausspannt, entspannt und nicht alles so wichtig nimmt. Wir stellten fest, dass Katzen sich nicht erniedrigen lassen, um geliebt zu werden. Sie besitzen Würde und Stolz, sind eigenständige Persönlichkeiten, eigensinnig oft, aber auch sehr anschmiegsam.

Und so können wir dankbar sein, dass es Mausi in unserem Leben gab. Unser Katerchen war so schlau, uns seine Memoiren zu diktieren. Dadurch können wir uns immer an ihn erinnern, seine

Geschichten lebendig werden lassen und uns von unseren Problemen ablenken.

Viele Dinge, die uns eben noch so wichtig, so unabdingbar erschienen, werden dann an Bedeutung verlieren und uns wieder zufriedener und fröhlicher sein lassen. Das hat Mausi sicher auch so gewollt.

FSC
www.fsc.org
MIX
Papier | Fördert
gute Waldnutzung
FSC® C083411

Zeitfracht Medien GmbH
Ferdinand-Jühlke-Straße 7
99095 Erfurt, Deutschland
produktsicherheit@kolibri360.de